Pegnitzer Miniaturen

Von Gottfried Ebenhöh

Das Buch:

Geschichten und „Schnurren" aus einer liebenswerten fränkischen Kleinstadt namens Pegnitz, mit Schilderung von Originalen und Charakteren. Einzelne Beiträge entstammen den „Sterngeschichten" des Autors, wie auch die dazugehörigen Illustrationen.

Der Anstoß zu dem Buch hat seinen Ursprung in der Facebook-Seite *„Ich bin ein echter Pegnitzer"* von Renate Schneider-Kraus und ist allen „echten Pegnitzern" gewidmet.

Pegnitzer
Miniaturen

„Gschichtla" aus der Heimat
und über fränkische
Originale und Charaktere

von Gottfried Ebenhöh

Bibliografische Information der Deutschen Nationalbibliothek:
Die Deutsche Nationalbibliothek verzeichnet diese Publikation in
der Deutschen Nationalbibliografie; detaillierte bibliografische
Daten sind im Internet über dnb.dnb.de abrufbar.

1. Auflage, 2023
© Dr. Gottfried Ebenhöh, 2023 - alle Rechte vorbehalten.
Herstellung und Verlag: BoD – Books on Demand, Norderstedt

ISBN: 9 783758 312939

„Ein echter Pegnitzer"?

Eigentlich bin ich neudeutsch gesprochen ein Mensch mit „Migrationshintergrund". Nicht nur in meinem jetzigen Biotop in Hessen, wohin ich vor Jahren umsiedelte.

Schon damals in Pegnitz war ich es - gewissermaßen - denn meine Eltern waren Sudetendeutsche. Im Zusammenhang mit „Migration" heutzutage und hierzulande nicht mehr unbedingt von besonderem Ansehen.

Aber ich bin stolz darauf, denn das Süddeutsch-Böhmische und das dazugehörige Österreichische hat mich gleichwohl geprägt. Und das harmoniert auch besonders mit dem Fränkischen, wie man weiß.

Großgeworden, „herangereift", bin ich in Franken, in diesem tief-provinziellen Nest, namens Pegnitz in Oberfranken.

Es gibt Städte, Städtchen, die über eine größere Geschichte, über mehr Kunst und Kultur und Bekanntheit verfügen. Aber diesen „Krähwinkel" liebe ich bis heute.

Dort durfte ich werden, was ich bin. Dort begegneten mir Menschen, die mir nie (offenkundig) maliziös erschienen, nie (übermäßig) aufgeblasen, nie (auffallend) gehässig waren. In Pegnitz wurde auch ein gewisses „anders-Sein" toleriert.

Ich fand hier nicht „kriechende Betbrüder und gewesene Nazis", die man heute gerne ausfindig machen möchte - und wenn es die vielleicht auch gegeben hat.

Kommt es daher, dass die „Eingeborenen" früh mit diesen Flüchtlingen aus Schlesien und Böhmen konfrontiert wurden. Dass sie spürten − wie schon Jahre zuvor mit Bergleuten aus Sachsen, die dort angesiedelt wurden - dass man mit diesen Menschen etwas gewinnt?

Am Ende des Krieges hatte Pegnitz knapp 4000 Einwohner, Anfang der fünfziger Jahre waren es schon 8000. Pegnitz hat eine gewaltige Infusion von „Migranten" erhalten. Die vormals fast rein protestantische Stadt wurde damit beinahe katholisch.

Die positiven Gefühle zu Pegnitz und den Pegnitzern habe ich besonders meinen Eltern zu verdanken, die als Geschäftsleute mit einer Gastwirtschaft und Metzgerei im Ort große Anerkennung fanden.

Sie hatten es verinnerlicht und gelebt: „So wie man in den Wald hineinruft, so schallt es heraus". Und die Resonanz, die auch ich erfahren durfte, war gut.

Im „Goldenen Stern" verlebte ich eine glückliche und unbeschwerte Kindheit und Jugend. Die Begegnung mit Menschen unterschiedlicher sozialer Prägung und auch vielfältigen charakterlichen Eigenschaften hat mich beeinflusst.

Ich kann auch nichts Negatives über meine Schule und meine Lehrer sagen, wie es „à jour" wurde. Im Gegenteil. Eine solche Schule, wie das Gymnasium in Pegnitz mit seinem Lehrkörper damals, würde ich mir heute für meine Enkel wünschen. Die Schulzeit war für mich überwiegend eine glückliche Epoche, nicht nur wegen der späteren Erfolge.

Pegnitz, das ist nicht nur „meine Welt von gestern".

Auch wenn ich viele Jahre, Jahrzehnte schon von dort weg bin: Es ist und bleibt die Heimat!

Von dem Franken Jean Paul soll der Satz stammen: „Die Erinnerung ist das einzige Paradies, aus welchem wir nicht vertrieben werden können".

Die folgenden „Gschichtla" und Charakterisierungen stammen aus diesem, meinem Paradies. Und sie sind allen „echten Pegnitzern" gewidmet, denen ich viel zu verdanken habe.

Gottfried Ebenhöh

Pegnitz – Tuschezeichnung von Ferdinand Dunkel

Der Schlossberg

Pegnitz ohne den Schlossberg, das wäre wie Paris ohne den Eiffelturm, Hamburg ohne den Michel, Nürnberg ohne die Burg ...

Die Vergleiche mögen übertrieben klingen, doch der Schlossberg ist das eigentliche Wahrzeichen von Pegnitz. Ohne diesen Hintergrund wäre das Bühnenbild unseres Städtchens, mit Rathaus und den beiden Kirchen, bestimmt weniger eindrucksvoll.

Und jeder echte Pegnitzer verbindet mit dem Schlossberg gewiss auch ganz eigene Erinnerungen.

Als Pegnitzer Schulkind bestimmt mit „Gregori": Mit den Spielen auf der Wiese, dem Bratwurstduft, Limo – oder auch Bier, von einem „wohlwollenden" Erwachsenen gespendet. Mancher hat da seinen ersten „Rausch" ausgestanden.

Die Sportveranstaltungen vom Männerturnverein und dem ASV; die Faustballer trainierten und spielten regelmäßig dort. Dann Bundesjugendspiele: Es gab an der Wiese eine Sprunggrube und auf einem ebenen Waldweg war eine 50-m-Bahn abgesteckt; manchmal verschwand ein von der Wiese geworfener Schlagball irgendwo im Wald.

Am Nordhang des Berges, auf einer Schneise mit Blick auf den Kleinen Kulm, gab es eine Rodelbahn.

Als die Schlossberghalle noch stand: die Faschings-nachmittage, Theateraufführungen und Konzerte. Später dann draußen „Open-Air"-Konzerte und „Waldstock".

Die Gedenkfeiern zum Volkstrauertag vor dem ein-drücklichen Kriegerdenkmal. Wen haben dort nicht die unzähligen, eingemeißelten Namen betroffen gemacht - von Pegnitzern, die in den beiden Weltkrie-gen umgekommen sind.

Spaziergänge auf den ausgedehnten Waldwegen um und an dem Berg.

Jeder „echte Pegnitzer" hat einmal den Aussichtsturm bestiegen und von dort den großartigen Blick über unsere wunderbare Heimat genossen.

Der Schlossberg hat sich nicht immer so bewaldet und romantisch gezeigt, wie heutzutage. Erst zu Beginn des 19. Jahrhunderts wurde die einst kahle Kuppe überwiegend mit Fichten aufgeforstet. Dann auch mit Laubbäumen, die jetzt zu dem schönen Farbenspiel vor allem im Herbst beitragen.

Ich erinnere mich, dass einmal fast der ganze Laubbe-stand am Schlossberg von Maikäfern aufgefressen wurde. Wir Schulkinder wurden damals unter Füh-rung von Rektor Meier zum Maikäfer-Lesen einge-setzt.

Aber, es gibt ja keine Maikäfer mehr ...

Wer hat nicht am Schlossberg mit seinem oder seiner Angebeteten ein erstes Stelldichein veranstaltet: Liebe und Romantik ... und die Zuversicht, in dem weitläufigen Gelände ungestört zu sein. Besonders in heißen Sommern lud der Schlossberg nicht nur dazu zum Verweilen ein.

„Schlossberg" - weil es auf der einstmals noch unbewaldeten Höhe mal so etwas Ähnelndes gab. Verbürgte Ansichten von diesem „Schloss" gibt es nicht. Das Modell, das jahrelang an der Pegnitzquelle zu bewundern war, ist mit Sicherheit eine beschönigend-historisierende Darstellung. Denn der oder das „Böheimstein" war weniger ein „Schloss", als eben nur eine kleinere mittelalterliche Wehranlage.
Wie haben wir Kinder uns nicht bemüht, unterhalb des Aussichtsturms noch Reste davon ausfindig zu machen. Da gab es dann tatsächlich noch ein paar alte Steintrümmer, die uns entzückten.
Das meiste vom „Schloss" hatte man in den zurückliegenden Jahrhunderten davongetragen und in den umliegenden Dörfern und in der Stadt für seine Anwesen verbaut; wie bei so vielen Burgen oder „Schlössern" auch in der Umgebung.

Pegnitz besitzt keine besonders beeindruckenden oder besonders außergewöhnliche historische Bauten. Aber es hat Charme, trotz mancher neuzeitlichen Veränderungen.

Da es in eine außergewöhnliche Landschaft eingebettet ist. Am Fuß eines Berges gelegen, der bei jedem, der ihn erwandert, erfahren und erlebt hat, das Gefühl von Heimat aufkommen lassen muss.

Der „Goldene Stern"

Der „Goldene Stern" ist um 1870/71 erbaut worden.
Er war dann beim Bau der Bahnstrecke von Nürnberg
in Richtung Norden um 1875 die Marketenderei für
die Bahnarbeiter.

Bis 1908 gab es eine eigene kleine Brauerei zum Gasthof. Dann kaufte der Brauer A. Knopf alles auf. Sein erster Pächter war der Pegnitzer Altbürgermeister Hans Gentner, der aber bald politische Karriere machte (s. *S. 39*). Ihm folgte bis 1951 Konrad Raum, anschließend mein Vater Georg Ebenhöh, der 10 Jahre lang die alte Tradition als „Gasthof mit Metzgerei" noch hochhielt.

Der Gasthof wurde 1954 modernisiert und mit einem damals sehr modernen und ansprechenden Saalbau versehen. Beim Umbau stieß man in dem Gebäude auf einen 10 m tiefen Brunnen über der früheren „Speis". Der Brunnen war nur notdürftig abgedeckt worden und der lieferte angeblich früher das Brauwasser für die Stern-Brauerei.

Das frühere Brauereigebäude – inzwischen abgerissen - beherbergte später die Arbeitsräume der Metzgerei; dazu eine Garage, einen Stall und dazu eine kleine aufgelassene Tischlerwerkstatt – nach dem letzten Betreiber „Jobst-Stube" genannt.

Das Wirtschaftsgebäude lag oberhalb des Gasthauses, parallel zur Bahnhofstraße. Direkt darunter befand sich ein Bierkeller, in der Art, wie man ihn oft in Franken findet. Der war gewissermaßen in den Fuß des Kellerbergs getrieben und ausgekleidet mit großen Kalksteinquadern, sodass hier stets eine gleichbleibende Temperatur um die 10° herrschte.

Zum Anwesen gehörte natürlich denn seit je auch der

mit schattenspendenden Lindenbäumen bepflanzte Biergarten: Das Schmuckstück des Stern-Anwesens, das leider zuletzt viel zu wenig und schließlich gar nicht mehr genutzt wurde.

Der Stern war lange Zeit das Traditionslokal der Pegnitzer Arbeiterschaft, beherbergte in den 50er Jahren auch das Büro des Deutschen Gewerkschaftsbund und war beim ersten großen Metallarbeiterstreik in der jungen Bundesrepublik 1954 auch das Streiklokal.

Wer vom Bahnhof kam, wer von der AMAG, dem Bergwerk oder von der Post seinen Weg in die Stadt nahm oder weiter in die „Siedlung" musste, kam am Stern vorbei. Man ging noch zu Fuß von der Arbeit nach Hause und fast alle liefen durch die Unterführung am „Bahnhofsteig", die heute noch wie ein finsteres Loch unter den Bahngleisen durchführt - gleich vor oder neben dem Sterngarten.

Gegenüber dem Stern hatte die „Hammerand-Else" ihren Milchladen. Dann weiter hinten, jenseits der „Schleifers-Wiese" lag das Kalkwerk der Firma Wiesend. Zum Wiesend-Areal gehörte auch ein Bauernhof, den die Familie Schleifer, Flüchtlinge aus Schlesien gepachtet hatten. Links am Bahnhofsteig in Richtung Stadt, nach dem Wohnhaus der Familie Wiesend lag das Amtsgericht und dann wieder rechts gegenüber das Forstamt. An das Amtsgericht schloss sich die Kolonialwarenhandlung der Horvaths an und im Hintergebäude führte der damalige, erste Chefarzt des Pegnitzer Krankenhauses, Dr. Mauelshagen eine Allgemein-Praxis.

Von diesen „Destinationen" am Bahnhofsteig ist nichts mehr geblieben, außer der „berüchtigten" Bahnunterführung vor dem Goldenen Stern.

Pegnitzer Originale

Der alte Kreisbaumeister

Einer der exquisiten Stammgäste im Stern war der alte Kreisbaumeister, unbestritten ein Pegnitzer Original. Er kreuzte meistens im Winter auf und dann, wenn es im Stern Schlachtschüssel gab. Damals war er schon weit über 80 Jahre alt, aber trotz seines Greisenalters hatte er etwas Kerniges, Unverwüstliches - schließlich war er ja auch Jäger.

Wenn er im Stern auftauchte, gegen Mittag, eben, wenn die „Schipf" fertig sein musste, erschien er in voller Ausrüstung: schwere Filz-Jagdstiefel mit Wickelgamaschen, Lederhose, ein gewalkter Jagdrock über einem Strickjanker und auf dem Kopf einen Jagdhut von der Art, wie ich ihn nur einmal auf einem Bild des alten Prinzregenten Luitpold gesehen hatte. Über der Schulter trug er eine Jagdflinte. In seinem Gefolge erschien der Max, ein ebenfalls schon betagter Rauhaardackel mit einem ungemein herzigen Blick, halt dem richtigen Dackelblick.

Der alte Kreisbaumeister Weiß war nicht unbedingt von beeindruckender Statur, eher untersetzt, vielleicht war er früher mal einen Meter fünfundsechzig groß gewesen. Sein rundes Gesicht wurde von zahllosen Falten durchzogen, die mir in der Erinnerung als Lachfalten erscheinen, denn sie gaben seinem Gesicht etwas Verschmitztes, auch wenn seine Mimik durch einen Alters-Parkinson schon etwas eingeschränkt war. Dagegen hatte er lebhaft bewegte Äuglein mit einem Blinzeln, welches auf Alterssichtigkeit oder einen grauen Star schließen ließ - sicher ein nachteiliger Umstand für einen passionierten Jäger und Schützen. Seinen rundlichen Schädel zierten spärliche, schlohweiße Haare und unter der Unterlippe trug er ein neckisches Bärtchen, eine sogenannte Fliege, wie sie einst Ludwig XIV. zur Mode machte.

Er erschien nie mit einer Jagdtrophäe im Stern, obwohl er immer den Anschein vermittelte, dass er geradewegs von der Pirsch kam.

Sowie draußen Schnee lag, hinterließen seine mächtigen Stiefel beim Gehen eine Wasserspur von der Garderobe bis hin zu seinem Stammplatz am unteren Ende des Stammtisches. Man schlussfolgerte deshalb, dass er wohl nicht von der Entenjagd kam, denn man erzählte am Stammtisch immer, dass der Alte auf Entenjagd im Schnee nur mit fünf Paar Socken an den Füßen, nie aber mit Stiefeln unterwegs sei - zwecks der Geräuschunterdrückung beim Pirschen.

Das Hinterlassen von „Feuchtigkeit" war eine Eigentümlichkeit des alten Kreisbaumeisters. Dazu komme ich später.

Sobald er das Lokal betrat und wenn es draußen Schnee gab, sauste sofort jemand vom Personal los, um einige Flaschen „Märzen" im Hof - einsehbar von seinem Stammplatz - in den Schnee zu stecken. Er misstraute den damaligen Kühlvorrichtungen und wollte stets auch den sichtbaren Beweis für ein eisgekühltes Bier haben. Das war eine Marotte, welche auch den Dokter auszeichnete, doch das ist eine andere Geschichte.

Es waren im Laufe des Tages so deren zehn, nicht selten fünfzehn Flaschen Märzenbier, die der Kreisbaumeister in sich hineingoss.

Bezüglich des Essens, bei der Schipf, war er sehr eigen. Er verlangte als unverzichtbaren Bestandteil immer einen „Dreckbohrer", d.h. den Schweinsrüssel. Der musste - wie auch die Schweinsbacken, Ohren, Haxen - unbedingt „zweckert" sein, das heißt auf Fränkisch „net lätschert", auf Deutsch vielleicht „kernig" - eben halt zweckert.

Die sechs bis acht Liter Bier vom Mittag bis zum Abend zeigten natürlich ihre Wirkung. Wenn der Kreisbaumeister anfangs noch den Weg ins „Häusl" fand, wurde das nach und nach für ihn anstrengender und war schließlich gar nicht mehr möglich. Der Körper wird nämlich, gewaltig von Märzen durchtränkt, schwer wie Blei. Aber Bier sucht nach den physiologischen Gesetzen unaufhaltsam einen Weg nach draußen. Für die Umgebung war das kein Problem, wenn der „alte Weiß" seine Lederhose anhatte. Am Verhalten vom Max war das Malheur zu erkennen, indem plötzlich sein sprichwörtlicher Dackelblick noch treuherziger wurde und ein leises Winseln zu vernehmen war. Dazu überkam das Hundchen eine auffallende motorische Unruhe - eine Unruhe, die seinem Herrn absolut abging.

Der Max hatte seinen Ruhe- und Warteplatz direkt unter der Bank, hinter den Füßen seines Herrn. Ging der nach draußen, ins Häusl oder sonst wo hin, stand auch der Max auf und begleitete ihn in seiner gemächlichen, dackelbeinigen Fortbewegungsart.

Manchmal soll er dort auch gewisse unverdaute Magen- Absonderungen seines Herrchens beseitigt haben, wie erzählt wird.

Der Nachhauseweg war nach so einer Jagdtour mit Einkehr bis weit in die Nacht natürlich ein Problem. Da kam dann mein Onkel, der „Reiniger Sepp" ins Spiel. In ihn setzte der alte Herr das größte Vertrauen, was den Automobilismus und andere moderne praktische Angelegenheiten betraf.

Der Kreisbaumeister wohnte mit Tochter und Schwiegersohn in einem hübschen Häuschen, standesgemäß, in einer richtigen kleinen Villa, am Buchauer Berg.

Nur Onkel Sepp durfte ihn nach Hause chauffieren.

Es war wieder so eine Winter- Jagd- Wirtshaus- Schlachtschüssel-Tour gewesen, als mein Onkel den Kreisbaumeister - wie oft erlebt - spät nachts am Buchauer Berg ablieferte. Die paar Meter von der Gartenpforte bis ins Haus sollte der alte Herr wohl alleine schaffen, dachte mein Onkel, denn es hatte heftig zu schneien begonnen und er wollte schnell nach Hause kommen.

Am nächsten Morgen, in aller Frühe, ein dramatischer Anruf der Tochter: Der Vater sei nicht nach Hause gekommen! Wo könnte er denn sein? Der Sepp sei doch immer zuverlässig! Was ist passiert?

Mein Onkel war um sechs Uhr morgens nicht zu erreichen und so fuhr mein Vater unverzüglich - in fast ebenso starker Besorgnis wie die Anruferin - zum Haus am Buchauer Berg. Der Weg von der Gartentüre zum Hauseingang war dick verschneit, keine Spuren waren mehr zu sehen. Er ging durch den Garten zur Haustürtreppe, klingelte und traf auf die aufgelöste Tochter des Kreisbaumeisters. Heftige Vorwürfe hatte er sich gleich anzuhören, wie er erzählte. Dann erschien der Schwiegersohn, ein nüchterner Mann, der eins und eins zusammenzählen könne - wie man sagt. Er guckte auf den Weg, zum Treppenabsatz, und da fiel ihm ein Haufen auf, der dort nicht hinpasste.

Mit einem Besen wurde rasch ein eingeschneiter Kreisbaumeister freigelegt, immer noch tief schlafend, lebend, mit steifgefrorener Hose und insgesamt - Gott sei Dank - nur leicht unterkühlt. Tochter und Schwiegersohn schafften es, ohne notärztlichen und sonstigen Beistand, den Vater wieder zu revitalisieren.

Nach diesem Vorfall wurden die Jagd- und Schlachtschüssel-Ausflüge des Kreisbaumeisters wegen der heftigen Einwände von Tochter und Schwiegersohn irgendwie unterbunden.

An meinem Onkel hatte der alte Kreisbaumeister irgendwie einen Narren gefressen. Für seine Dienstleistungen wollte er ihn angeblich entschädigen, indem er versprach, ihn testamentarisch zu berücksichtigen: Er könne sich in „seinem Holz" einen Baum aussuchen, müsse ihn nur selbst fällen und abtransportieren. Als er gestorben war, gab es zwar noch das „Holz", das hatte allerdings schon jeher dem Landkreis gehört. Der Baum, den sich mein Onkel bereits angesehen und markiert hatte, war demnach in der Verfügung von jemand anderem und nicht in der des großzügigen Erblassers.

Originale, Schlitzohren, „Hainbücherne" und ähnliche Naturen scheint unsere Gegend wohl besonders häufig hervorzubringen. Schade nur, dass sie immer seltener werden.

„Flussgeschichten" - Abenteuer an Pegnitz und Fichtenohe

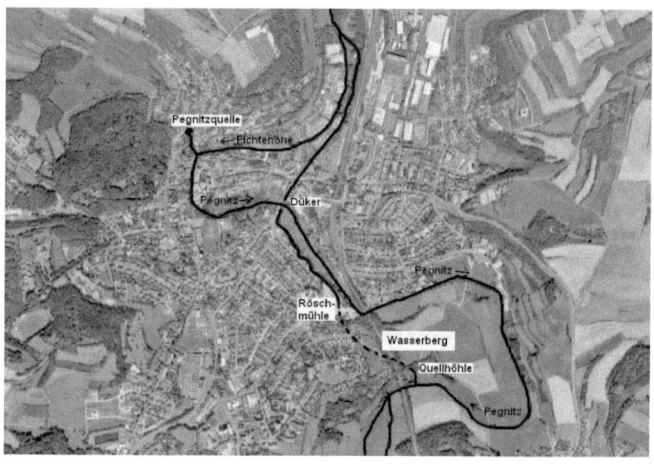

Es ist schon ein wundersames und verwirrendes Fluss-System, das man da in und um Pegnitz vorfindet. Es ist ja keine einzelne Wasserader, die unser Städtchen umschließt, sondern ein komplexes System. Welche Stadt wird denn sonst im Kern und außen herum in dieser Art umflossen, wie Pegnitz von seinen Flüsschen.

Die Gefilde um die beiden Gewässer - Fichtenohe und Pegnitz - waren für uns Kinder und Bürschchen ein unendlicher, kaum in Gänze erforschbarer Abenteuer-

spielplatz, ein „Biotop" ohne Grenzen. Zum Crai-
moosweiher oder ins Kitschenrain, zum Zipser Mühlbach und zur Haidmühle, wo die Anfänge der Pegnitz,
genauer der Fichtenohe zu finden sind, sind wir erst
später vorgestoßen, wie wir denn mit dem Fahrrad
mehr mobil waren.

Die Fichtenohe

Vom Goldenen Stern aus war man gleich, gerade mal
100 Meter entfernt, am Bach. Neben dem Schleifers-
Hof gab es eine Brücke über die Fichtenohe, welche
eine günstige Abkürzung darstellte, um die Gefilde
westlich und nördlich davon zu erreichen: den
Knopferweiher, das Freibad, den Buchauer Berg mit
Finkenbrünnlein und Voitshöhle. Der alte Schleifer
sah es nicht gerne, wenn die „Städter" vom Zipserberg
und der Bahnhofsgegend die Brücke als Abkürzung
nahmen. Ich durfte das, denn als Nachbarsbub und
Freund von seiner Erna - der Jüngsten seiner Töchter -
war ich auf dem Hof und drum herum gelitten.
Was gab es an der Fichtenohe nicht alles zu erfor-
schen!
Zwischen dem Schleifers-Hof und dem Kalkwerk der
Fa. Wiesend führte ein Weg an dem Bach entlang
nach Norden, parallel zu den Bahngleisen zum Bergwerk. Das Ufer war zugewuchert von Weiden und
Erlen und man konnte kaum an das Wasser. Nach

einigen hundert Metern war der Weg zu Ende, denn man kam an ein Tor aus einem soliden Drahtgitter - um von einem Besuch der Aufbereitungsanlage des Bergwerks abgehalten zu werden. Unseren jugendlichen Forscherdrang forderte ein merkwürdiges quadratisches Gebäude heraus, das aus massivem Beton bestand - auf halbem Weg zwischen Wiesend- und Bergwerksgelände am Bachrand, zugesperrt von einer stabilen Eisentür. Dieses Gebäude musste unbedingt Geheimnisse verbergen und so phantasierten wir Buben allerlei. Favorit war ein Militärbunker oder Ähnliches, wenn auch Schießscharten fehlten. Aber ganz einfach: Es handelte sich nur um ein sog. Wasserhäuschen, welche hie und da direkt an der Fichtenohe oder in den quellreichen Gebieten um Pegnitz zu finden waren.

An den nördlichen Teil der Fichtenohe kam man nur über die Straße nach Buchau heran, versperrt war der Zugang von Westen teils durch die Tennisplätze und das alte „Eisstadion". In Richtung Buchau gab es auch einige Gärten und der interessanteste gehörte der Familie Rixner.

Um die Sensationen dieses Areals auskosten zu können, war es gut, wenn man sich mit dem Rixners Fritz gut stellte. Es gab hier ein kleines Wehr, hinter dem man Forellen beobachten - und fangen - konnte. Meine Kumpels Axel Halbig und Alfons Feulner und ich versuchten uns hartnäckig am Fisch-Wildern. Nur einmal gelang es Axel, mit einer Drahtschlinge eine etwas träge Forelle ans Ufer zu bugsieren. Wir haben den Fisch wieder zurückgeworfen, da wir den ja gar nicht verwerten konnten. Aber klar, wir hätten ihn auf einen Stecken gespießt über einem Feuerchen rösten können - fiel uns später ein.

Zur Entschädigung für sonst entgangenen Raub machten wir uns dann regelmäßig über die Brombeeren her, die dort zu Massen wuchsen.

Ja, die frühe Kriminalität der Jugend in der Welt von gestern ...

Auf dem Uferstück am Rixner-Garten gab es eine Bisam-Kolonie. Bisam, nicht „Bisamratten", wie gerne gesagt wird. Es brachte einer unserer Clique das Gerücht mit, dass die Bisame, da schädlich, gejagt werden dürften und dass man für ein abgeliefertes Bisam-Fell im Forstamt – damals auch am Bahnhofsteig - 1,50 Mark bekommen würde. Also auf zur Jagd, beschlossen wir; an der sich dann auch der Rixners Fritz beteiligte. Wir hoben auch gleich ein Bisamnest mit mehreren Jungtieren aus. Was wir aber nicht bedacht hatten, war, dass eine Bisam-Mutter ihre Brut aggressiv verteidigen wird. Und das aufgescheuchte Tier fiel ausgerechnet den Fritz an und verbiss sich in seine Wade. Der Fritz plärrte wie am Spieß und wir Jagdgenossen begannen, nach einer kurzen Schockstarre, mit Stöcken auf das Tier einzuschlagen, das schließlich vom Fritz abließ. Der Fritz bekam mehr von den Prügeln ab, als das in ihn verbissene Tier. Wir mussten den Fritz hoch zur Bundesstraße schleppen und ein hilfsbereiter Autofahrer brachte ihn umgehend zur Versorgung ins Krankenhaus. Fritz hat davon eine schöne Narbe am Unterschenkel behalten: wie ein Kriegsveteran aus seinen Schlachten. Worum wir ihn fast beneideten, wenngleich unsere Aktion nicht als ruhmreich abgehandelt werden konnte.

Das mit den Bisam-Jagen haben wir aufgegeben, obwohl entlang des Kanals, der sich vor dem Kalkwerk und dem Schleifers-Hof, vom Stellwerkhäuschen bis zu Fichtenohe hinzog, auch ein ergiebiges Jagdgebiet gewesen wäre. Es gab ein paar Spezis unter dem Pegnitzer Jungvolk - Angeber nach unserer Ansicht - die behaupteten, sie hätten mit Bisam-Fellen gut verdient. Wer's glaubt.

Es gab noch Flusskrebse

Die Flora und Fauna an der Fichtenohe hatten was ungemein Interessantes. Unter der Brücke am Schleifers-Hof konnte man Weißfische, Wasserkäfer und - besonders interessant - Krebse beobachten. Nicht zu reden von den Libellen, „Schlittschuhläufern" auf der Wasseroberfläche und Fröschen oder Kaulquappen. Wir hatten den Eindruck, dass die Wasser-Fauna der Fichtenohe ab dem Schleifer-Hof in Richtung Konsum und Karmühle etwas dürftiger wurde, insbesondere hinsichtlich der damals noch reichlich vorkommenden Flusskrebse.

Umso erstaunter waren wir, als wir eines Morgens auf dem Schulweg auf der Brüstung der Karmühlbrücke ein großes Glas entdeckten, bis obenhin angefüllt mit Krebsen. Die hatte offensichtlich der Karmüller zusammengefangen und für sich vorbereitet, um sie später zu kochen und zu verspeisen. Es war für uns Buben eine ungemein spannende Gegebenheit, wie da die Krebse dicht auf dicht in dem Glas gestapelt waren, hilflos ihre Scheren bewegten und Mitleid erregend, vergebliche Anstalten machten, aus dem Glas zu entkommen.

Ein Krebs gehört in den Bach und nicht in Kochtopf, stellten wir fest und kippten also die Krebse hinunter in das sprudelnde Wasser unter der Brücke. Und dann nichts wie weg. Ob der Müller später nochmal so reiche Beute in seinem Mühlbach fand, wissen wir nicht. Wir hatten nur nach und nach den Eindruck, dass es mit den Krebsen immer weniger wurde. Was war schuld? Bald waren – wie auch in vielen anderen Gewässern hierzulande - auch keine Krebse mehr in der Fichtenohe zu finden.

Die Pegnitz

Die Pegnitzquelle war damals ansprechend hergerichtet, würdig der Wichtigkeit dieses Flüsschens. In der

Mitte des Quellbeckens war ein Springbrunnen und unterhalb, neben dem Ausfluss, die Modelle der Burg Böheimstein und von der Zaußenmühle (die im Original ja ohnehin nebenan anzuschauen war). Vor allem das Burgmodell hat unsere kindliche Phantasie immer angeregt.

Die Pegnitz, wie sie dann an der Schule vorbei und zwischen den Kirchengrundstücken zum Wiesweiher dahinfließt, erschien uns partout uninteressanter als die Fichtenohe. Das änderte sich, als es hieß, der Meichners Karl, Bruder meines Schulkameraden Werner, praktiziere im Winter am Wiesweiher das Eisbaden. Das heißt: Loch in die Eisdecke schlagen und in das Wasser abtauchen. Wie sollte das, fragten wir uns, an der (flachen) Pegnitz möglich sein? An der Karmühlbrücke schon. Aber dort fror das Wasser selten zu. Jedenfalls sorgte das Gerücht für ausschmückenden Gesprächsstoff.

Das ansonsten langweilige Geschehen an der Pegnitz entlang des Wiesweihers haben wir dann doch aufgefrischt. Mit Sprengversuchen mittels Karbid-Bomben: Karbid wird in eine leere Bierflasche mit Bügelverschluss gegeben, nach Entfernung des Dichtgummis geschlossen und in das Wasser geworfen. Langsam dringt Wasser in die Flasche ein, reagiert mit dem Karbid, Azetylen entsteht, das dann mit einem gewaltigen Rums explodiert. Karbid hat man den „Siedlern" abgeschachert, denn deren Väter waren meist im Bergwerk tätig und dort wurde Karbid für die Grubenlampen verwendet. Diese Karbid-Bomben beeindruckten schon: Die Explosion konnte Breschen aus den Ufern reißen und nachher sah man im Wasser Fische mit dem Bauch nach oben schwimmen.

Die Vereinigung von Fichtenohe und Pegnitz

Die Fichtenohe bzw. der Mühlbach ist im Verlauf eigentlich der interessantere Fluss. Neben der Wiesweiherbrücke an der Schloßstraße unterquert sie mittels eines Dükers die vom Wiesweiher kommende Pegnitz und dann geht es an der Speckmühle vorbei. Das war einst eines der romantischsten „Ensembles" in Pegnitz, dieser mächtige Bau der uralten Mühle. Daneben stand das alte, hölzerne Feuerwehrhaus mit dem Trockenturm und einem Storchennest obenauf. Die Störche hatten von da einen optimalen Ausgangspunkt für ihre Jagdtouren in die damals noch sumpfigen Gefilde am Wiesweiher. Leider hat man schon einige Zeit vor dem Abriss des Feuerwehrhauses kaum mehr Störche dort gesehen, nur das verwaiste Storchennest war verblieben.

Karmühle, Speckmühle und dann die Röschmühle: Mühlen, denen eigentlich die kräftigere Fichtenohe und nicht die Pegnitz Energie zuführte. Und sie bleibt auch abwechslungsreicher, besonders mit ihrem Durchtritt durch den Wasserberg. Das war ein Phänomen, in das man als Kind gerne etwas hineingeheimst hat: Zwerge, Trolle, Wassergeister könnten hier hausen. Oder ist es ein geheimer, verschütteter Gang aus alten (Ritter-) Zeiten? Denn am anderen Ende des Wasserberges trifft man ja auf den „Burgstall", gegenüber dem Luxerfelsen, der ja auch so was Wehrhaftes, Trutziges zeigt. Wie Zeichen aus alter, vergangener Zeit. Die kindliche Phantasie ist ja in solchen Fällen grenzenlos.

Zwischen Wasserberg, Burgstall und Luxerfelsen, entlang der Pegnitz, verlief damals die Grenze zwischen Siedlung und Stadt, das heißt, den Hoheitsgebieten der Kinder- und Jugendbanden von „Siedlern" bzw. „Städtern". Dort kam es zu „Schlachten" und Übergriffen - und einem zweiten Karbid-Bomben-Anschlag durch Alf und mich. Mit der „Munition" aus dem Fundus des Feindes aus der Siedlung.

Hainbronn, Pegnitz und die Siedlung, sind inzwischen zusammengewachsen und durch die Bebauung ist ja nicht mehr viel von den seinerzeitigen Idyllen des Pegnitztals an Luxerfelsen und Burgstall übrig geblieben.

Bald schafft sich die Pegnitz hier - jetzt vereinigt mit ihrem Ursprungsfluss - ein für diesen Fluss so anziehendes und typisches Biotop bis hin nach Nürnberg.

Das Pegnitztal: ein Paradies zu jeder Jahreszeit, das wir als Kinder noch nicht in Gänze im Auge hatten. Denn unser Paradies lag ja eher flussaufwärts an der Quelle, aber jederzeit voller Abenteuer.

Wahlkampf in der Provinz mit Andreas Gentner

Die SPD hatte auf dem Land nie einen leichten Stand. In der „Kreisstadt" war sie damals in den fünfziger und sechziger Jahren die stärkste politische Kraft, stand aber immer einer „bürgerlichen" Mehrheit von CSU und FWG im Stadtrat gegenüber. Der damalige Landkreis Pegnitz war fast ausschließlich bäuerlich geprägt und in vielen Dörfern hatte der (katholische) Pfarrer das Sagen. Die SPD war hier gleichsam des Teufels. Lediglich in größeren Ortschaften wie Creußen oder Plech war die Situation für die Sozis etwas erfreulicher. Wahlkampf auf dem Lande war also für die SPDler aus der Stadt nicht die leichteste Aufgabe.

Die nachfolgende Begebenheit hat mir Ruth Sommer erzählt. Ruth war ja damals nicht nur die umtriebigste Reporterin der „Fränkischen Presse" - heute „Nordbayerischer Kurier" - im Kreis, sondern auch langjährige SPD-Stadträtin und prominenteste weibliche SPD-Person in Pegnitz.

Mitte der Sechziger sollte sie zusammen mit Andreas Gentner, dem Bruder vom Fritz, dem damaligen SPD-Landtagsabgeordneten und Sohn des in Pegnitz berühmten Hans Gentner (*siehe Seite 39*), in Trockau eine Wahlkampfveranstaltung durchführen. Auch in Trockau war die Familie Gentner aus Pegnitz wohlbekannt und auch geschätzt und deshalb wurde Andreas als Wahlkampfredner ausgesucht; Ruth Sommer sollte die Versammlung „moderieren" und dann natürlich einen Bericht für die Presse abfassen.

Es war ein Freitagabend gewählt mit Beginn 19 Uhr, im Gasthof Stöckel. Der Veranstaltungsraum war gut gefüllt, was man in dieser SPD-Diaspora nicht unbedingt erwartet hatte. Pünktlich um Sieben sollte die Versammlung beginnen.

Gerade als Ruth Sommer den Redner ankündigen wollte, klang von der nahen Kirche Glockengeläut in das Gasthaus hinüber: das Angelus-Läuten, pünktlich für das „Gebet zum Engel des Herrn". Plötzliche Stille im Saal, das Gemurmel der Anwesenden -

36

ausschließlich männliche Gäste - verstummte. Einige falteten gar die Hände und bewegten die Lippen wie im stillen Gebet, was aber Ruth Sommer nicht registrierte und fuhr so mit ihrer Ansprache fort. Erst Gezische, dann aber lautstarker Protest von einigen der Frömmler in der Gaststube über die Störung dieses so heiligen Augenblicks.

Das hatten die Sozis bis dahin nicht in ihrem Merkbuch, dass sie dieserart ins Fettnäpfchen treten könnten. Eine Situation würdig dem bayerischen Komödienstadel.

Der Protest schwoll an und die Situation drohte zu entgleiten - bis hin zu Handgreiflichkeiten durch die frommen Trockauer Bürger. Da trat der Wirt höchstpersönlich auf die Szene, ergriff das Wort und entlarvte den Aufstand als scheinheilige Posse: „Wenn ihr beim Schafkopfen seid, schert ihr euch an´ Dreck um den Angelus, ... ihr Pharisäer!"

So schien die Situation vorerst gerettet. Die Anwesenden beruhigten sich scheinbar reumütig und man wollte jetzt vielleicht doch anhören, was die Roten zu sagen hätten, auch wenn dazu eine Frau eine Lippe riskierte.

So schön, so gut, meint man, hätte Andreas Gentner nicht den Vorfall auf seine Weise ausgelegt. Nach den jetzt ermöglichten einleitenden Worten seiner Genossin begann er mit einem unsäglich starken Schlagwort seine Rede, wohl aus der Verarbeitung des

Vorhergehenden resultierend:

„Sie wissen es, meine Herren, der Teufel ist nicht rot, nein, der Teufel ist schwarz!"

Und damit war das Ende der Veranstaltung besiegelt, ehe sie richtig begonnen hatte. Es erfolgte ein Aufschrei der Menge und schon flogen Gegenstände in Richtung des Redners. Ruth Sommer berichtete, sie hätte eben noch ein Fenster des Gastzimmers öffnen können, durch das Andreas Gentner flüchten konnte. Sie als Frau und bekannte Pressereporterin habe man aus Anstand wohl nicht direkt in Feindseligkeiten verwickelt und in Ruhe gelassen. Ein anderer anwesender Genosse habe sich unbemerkt entfernen und draußen den verhinderten „Teufelsautreiber" mit seinem Auto aus der Gefahrenzone bringen können.

Das Ganze fand aus gutem Grund damals natürlich nicht den Weg in die „Fränkische Presse". Möchten die Trockauer oder Pegnitzer heute diese Geschichte nicht für wahrscheinlich halten? Für diesen Bericht von Ruth Sommer würde ich gar eine eidesstattliche Erklärung abgeben.

Ich wohnte von 1977 bis 1978 in Trockau, und wenn ich dort diese Episode mal zum Besten gab, hörte ich allenthalben: „Schon möglich! Da muss ich mal den oder den fragen ...".

Hans Gentner

Eine Pegnitzer Karriere

Quelle: verwaltungshandbuch.bavarikon.de

„Hans Johann Gentner (* 26. Januar 1877 in Pegnitz;
† 24. August 1953 ebenda) war ein bayerischer sozial-
demokratischer Politiker.

Werdegang:

Gentner wurde als Sohn eines Bauern geboren. Er besuchte die Volksschule und die Fortbildungsschule in Pegnitz und absolvierte danach eine Ausbildung in der Pegnitzhütte zum Eisendreher. In den Jahren 1895 bis 1899 führten ihn seine Wanderjahre durch Deutschland. Von 1904 an war er als selbständiger Gast- und Landwirt in Pegnitz niedergelassen.

Bereits ab 1894 war er gewerkschaftlich organisiert und trat 1898 in die SPD ein. Als erster Sozialdemokrat wurde er 1902 in das Gemeindekollegium der Stadt Pegnitz gewählt. Daselbst wurde er 1908 Magistratsrat. Nach der Landtagswahl am 5. Februar 1912 zog er im Wahlkreis Kulmbach erstmals in die Kammer der Abgeordneten des Bayerischen Landtags ein. Ihr gehörte er zunächst bis zum Ende der Monarchie an. Kandidaturen für den Reichstag scheiterten mehrmals.

Nach der Revolution und der Ausrufung des Freistaats am 7. November 1918 war Gentner im neu gebildeten Provisorischen Nationalrat. Bei der Wahl am 12. Januar 1919 wurde er erneut in den Landtag gewählt und nach dessen Konstituierung zum Staatsrat im Staatsministerium für Landwirtschaft ernannt. Bei der Landtagswahl im Juni 1920, die der SPD große Stimmverluste brachte, verlor Gentner sein Landtagsmandat. Im gleichen Jahr übernahm er den Vorsitz des Freien Bauern- und Handwerkerbundes.

Am 7. Dezember 1924 wurde er erstmals zum Bürgermeister von Pegnitz gewählt und zog nach der Wahl im Mai 1928 wieder in den Bayerischen Landtag ein, dem er bis zur Gleichschaltung der Länder im April 1933 angehörte. Nach der Machtübernahme der Nationalsozialisten wurde er als Bürgermeister abgesetzt. In den folgenden Jahren wurde er mehrfach verhaftet. 1933 war er im KZ Dachau inhaftiert, 1934 in Schutzhaft in Bayreuth, 1939 in Schutzhaft in Fürth und 1944 wieder im KZ Dachau in Haft.

Nach Ende des Zweiten Weltkriegs setzte ihn die US-amerikanische Militärregierung 1945 bis zur Kommunalwahl 1946 als kommissarischen Bürgermeister von Pegnitz ein. Daneben war er Mitglied des Bezirkstags Oberfranken, des Bezirksausschusses sowie der Bezirksbauernkammer. Von Juli bis November 1946 war er Mitglied der Verfassunggebenden Landesversammlung. Im Dezember 1946 holte ihn Ministerpräsident Hans Ehard als Staatssekretär im von Joseph Baumgartner geleiteten Landwirtschaftsministerium in sein Kabinett.

Seit Dezember 1946 war er Präsidialmitglied des Bayerischen Bauernverbandes (BBV) und vertrat im

Dezember 1947 dessen Interessen im neu gebildeten Senat. Ihm gehörte er bis zu seinem Tod im August 1953 an. Gentners Sohn Fritz war ebenfalls SPD-Landtagsabgeordneter in Bayern.

Ehrungen:
1952: Großes Verdienstkreuz der Bundesrepublik Deutschland."

Quelle: Wikipedia

Link: https://persondata.toolforge.org/p/Hans_Gentner

Die Maibaumdiebe von 1967

In der Nacht vom 28. auf den 29.April 1967 machten sich dunkle Gestalten auf den Weg in Richtung Freibad, um dort den leichtfertig unbewacht gelagerten Maibaum der Stadt Pegnitz zu entwenden. Es waren die damaligen Abiturienten des Jahrgangs, die diesen „kriminellen Akt" vollführten und zu denen etliche, heute zum Teil recht prominente Pegnitzer, gehörten. Zu nennen wären da: Peter Ansorge, Gottfried Ebenhöh, Herbert Fischer, Norbert Gebhardt, Werner Hagn, Hans Kolz, Christa Leibl, Karl-Heinz Mellinghoff, Jürgen Riemann, Karl Ross, Werner Schaller, Ursula Schönauer, Winfried Stöcker. Die übrigen 15 Beteiligten - Männlein und Weiblein - stammten überwiegend aus der Oberpfälzer Provinz (Auerbach, Michelfeld und Nasnitz) oder aus dem südlichen Landkreis.

Hagn, Fischer und Ebenhöh hatten am 2. Mai 1966 im Angesicht des frisch aufgerichteten Maibaums das Verbrechen ausgeheckt und ihre Schulkameraden als Komplizen und Durchführende gewonnen. Wir dürfen die Namen nennen, da das „Verbrechen" inzwischen verjährt ist. Ohnehin erhielt der Trachtenverein als Brauchtumspfleger und die Stadt als Eigner den Maibaum nach nicht leichten Verhandlungen gegen eine flüssige Auslösesumme umgehend zurück, damit er auch am Tag vor dem 1. Mai auch aufgestellt werden konnte.

Von der Schandtat berichtete damals am selben Tag die „Fränkische Presse" mit Bilddokumentation, da die damalige Lokalredaktion (Ruth und Hermann Sommer) komplett als „embedded Journalisten" beteiligt waren - wie auch beim anschließenden Umtrunk nach der Schandtat.

„Karli" Ross illustrierte damals das Geschehen für unsere Abiturzeitung, wie hier zu sehen.

Caruso

Nein, nein ... Enrico Caruso, der berühmteste Tenor des 20. Jahrhunderts kam nicht nach Pegnitz, und schon gar nicht zu einem Gastspiel in den Stern. Pegnitz ist nicht Neapel und Oberfranken nicht Italien. Dass hier ein Jahrhundertsänger zur Welt und von hier aus in die Welt kommt, ist nicht so gewiss. Ein Stimmwunder gab es aber auch einstens hier in der karstigen fränkischen Provinz - und alte Pegnitzer erinnern sich bei dem Namen Caruso nicht nur an den großen Künstler aus Italien.

Unser Caruso - mit bürgerlichem Namen Hans Wagner - war Spross einer bekannten Pegnitzer Familie und erlernte gemäß einer Familientradition das Metzgerhandwerk. Aber Singen konnte er! Was für eine Stimme hatte er! Sie bestach mit Schmelz, Strahlkraft und „italienischem" Tremolo; war kräftig und voluminös, in den höchsten Lagen und im Pianissimo. Man musste ihm einfach zuhören. So wurde der Wagners Hans nicht umsonst zum „Caruso".

Er half bei meinem Vater für einige Zeit als Geselle aus. So lernte ich ihn ganz unmittelbar kennen.

Caruso war untersetzt und kräftig. Bedingt durch eine angeborene Hüftverrenkung hatte er den dazugehörenden, typischen watschelnden Gang, was ihn aber nie daran hinderte, sich mit der Geschwindigkeit eines Eilzugs durch die Werkstatt zu bewegen - oder dem Stammtisch beim Schlappenwirt zuzustreben. Letzteres trübte die Beziehung zwischen meinem Vater und seinem zeitweiligen Gesellen.

Die Physiognomie von Caruso erinnerte durchaus an das berühmte Vorbild: runde, weiche, fast „sinnliche" Gesichtszüge. Mimik und Gestik erinnerten beim Gesangsvortrag fraglos an das Vorbild. Caruso und Caruso waren keine „Heldentenöre", sie waren Meister des „Belcanto" - jeder in seiner eigenen Ausformung.

Caruso sang meist bei der Arbeit, nur nicht, wenn ein „Suckerl" geschlachtet wurde (Den Ausdruck „Suckerl" für eine Sau habe ich erstmals von Caruso gehört). Die Gelegenheit zum Singen nutzte er meist, wenn er allein vor sich hinwerkelte: beim „Ausbeinen", Wurstabfüllen, Aufräumen der Werkstatt usw. Und da drangen dann mit vollster Emphase gesungene Arien und „belcantische" Gassenhauer aus der Werkstatt hinaus in die Umgebung - hinüber über die Straße bis zur Baywa, zum Wiesend- und Dietrichs-Haus und hinunter in den Sterngarten.

Seine Konzerte konnte ich leider nur in den Ferien richtig erleben. Wenn ich ihn um ein Gesangsstück bat, gab er mir - er sagte dann immer „Natürlich, für mein´ Fritzi" - eine Probe seines Könnens. Sein Repertoire schien mir jedoch nur wenig abwechslungsreich, denn es ging fast immer um Frauen, rote Rosen, ein eiskaltes Händchen oder um geküsste Hände. „Granada" aber - das glaube ich heute noch - kann ich nur von Fritz Wunderlich mit gleich beeindruckender Emphase gehört haben.

Verklärt die Erinnerung wieder?

Man stelle sich vor: Gummistiefel an den Füßen, die kurzen Beine in einer Lederhose, gestreifte Metzgerjacke und darüber eine überlange Metzgerschürze. Und dann singt der beim Einfüllen von Blutwürsten oder rotem Presssack „Dunkelrote Rosen bring ich schöne Frau", „Gern hab ich die Frau´n geküsst" und „Dein ist mein ganzes Herz".

Besonders über Richard Tauber klärte er mich musikalisch auf.

Wenn keine Gelegenheit war, richtig loszuschmettern, gab er wenigstens immer eine Art Tirilieren von sich - meist mit der Melodie von „Dunkelrote Rosen". Caruso sang nicht auf Befehl oder etwa für Freibier. Er war meines Wissens nie in einem Gesangverein. In einem der landsmannschaftlichen Chöre wäre er fremd gewesen. Der Volkschor hatte damals für einen Pegnitzer Handwerker zu proletarische Wurzeln und der Männergesangsverein war für einen wie Caruso - trotz seiner bürgerlichen Herkunft - vielleicht zu „bürgerlich".

Pünktlichkeit und Stetigkeit in puncto Arbeit zählten nicht unbedingt zu den Tugenden von Caruso. Er war halt doch „Künstler".

Um seine Stammkneipen anzufahren, und sich so rasch als möglich von der schnöden Arbeit zu entfernen, half ihm sein Moped. Das konnte er mit solcher Grandezza in Bewegung setzen, dass seine Behinderung gar nicht auffiel. Auch hier hatte er es mit Tempo und Express-Geschwindigkeit.

Das Gastspiel von Caruso im Goldenen Stern dauerte nicht lange, man trennte sich aber in Freundschaft.

Solange ich nach Pegnitz kam und wir uns zufällig begegneten - lange ist es schon her - er meist auf dem Moped vorbeiknatternd, grüßte er mich immer mit einem fröhlichen „Hallo Fritzi!", unterlegt mit seinem vertrauten Trällern.

Höre ich heute „Dunkelrote Rosen" oder „Dein ist mein ganzes Herz", sehe ich wieder Caruso vor mir. Wie könnte man so einen vergessen!

Die Karlsbrücke von Pegnitz

Die Konsumbrücke

In den frühen Siebzigern war es, im Spätherbst, an einem eisigkalten Freitagabend ...

Die Konsumbrücke musste seinerzeit wieder mal erneuert werden. Es gab Umleitung und Absperrung - und so kam es zu einem Vorfall, der lange ein Tages- oder Stammtisch-Gespräch in Pegnitz war.

Aus „zuverlässigen Polizeikreisen" konnte man damals die folgende Version des Ereignisses hören.

Bei der Polizei ging ein anonymer Anruf ein - wohl von einem unzufriedenen „Kunden" oder

„Intimus" des späteren Unglücksvogels.

Die Mitteilung: „Der ..." - hier fiel der Namen eines prominenten Pegnitzers mit Vornamen Karl, umschrieben mit der Bezeichnung eines bekannten heimischen Singvogels und Nesträubers - in deutschen Gauen auch „Gutzgauch" genannt. Der (soundso-) Karl mache sich in Bälde, und zwar deutlich bezecht, mit seinem Mercedes, Kennzeichen usw., von der Bahnhofswirtschaft in Richtung seiner Behausung auf den Weg. Gerade in dieser Nacht hatte die Polizei einen Streifenwagen unterhalb der Sparkasse, neben der Brücke postiert. Die Zentrale gab den Inhalt des Anrufes an die Streife weiter. Und just in dem Augenblick rauschte ein Mercedes vorbei - und landete im Bachbett neben der abgesperrten Brücke! Mitteilung des Streifenbeamten an die Zentrale: „Hamm ihn scho!"

Die Polizisten mussten sich nun aber beeilen. Nicht etwa, dass Ertrinkungs- oder Erfrierungsgefahr bestand, sondern, da der Verunglückte mit seinem Bauch auf dem Lenkrad lag und die Autohupe anhaltend, mit gewaltiger Lautstärke, durch die Nacht dröhnte. Die „Erste Hilfe" bestand also darin, den Verunfallten von der Hupe herunter zu zerren und an Land zu bringen. Von einer Durchnässung, Unterkühlung oder sonstigen Blessuren, die ihn auch zu einem „Opfer" hätten machen können, war laut Polizeibericht denn nichts zu erkennen.

Außer einer gewissen "Fahne"!

Wie oft wurde es schon versucht, „Fahnen" über die Karlsbrücke zu bringen. Vom Schlappenwirt, vom Stern, vom Bratwurst-Stüberl aus - usw. Also, man rechte nicht!

„Gutzgauch" auch ein anderer Name für den Kuckuck, eine Umschreibung seinerzeit für den Beruf des Gerichtsvollziehers, der „Kuckucks" zu kleben pflegte.

Ein Schwerenöter

Der Ficenz war eine stadtbekannte Gestalt. AMAGler kannten ihn durch seine Tätigkeit im Lohnbüro. Den Stammgästen der Bahnhofswirtschaft und der „Lutters Walli" war er durch eine quartalsmäßig auftretende „Südströmung" vertraut; seine Umschreibung für die in etwa dreimonatlichen Abständen anfallenden verstärkten Durstperioden.

Freibad-Besucher und Besucherinnen (!) beeindruckte er durch sein Aussehen: Eine durchaus athletisch straffe Gestalt, Vollglatze, aber an Brust und Rücken behaart wie ein Primat; überdies zeigte er imponierende Hechtsprünge vom 3-Meterbrett.

E. Ficenz stammte aus Böhmen aus einem deutsch-tschechischen Elternhaus. Seiner Einberufung zum tschechischen Militär war er als bekennender Pazifist angeblich nur dadurch entgangen, dass er sich auf den „Idiotenparagraphen" berufen und sich blöd gestellt hatte. Das soll er auch während der deutschen Besatzung durchgehalten haben; unter schwerwiegenden Repressalien. Man erzählte, diese ständige Verstellung hätte ihm nach der Vertreibung, und als er schließlich in Pegnitz seine Zelte aufschlug, eine reibungslose, bürgerliche Wiedereingliederung erschwert. Und das sei auch die Ursache für die wiederkehrenden „Süd-strömungen" gewesen.

Bekannt wurde er auch als Gründer des ersten Peg-nitzer Jazz-Clubs Anfang der fünfziger Jahre mit Domizil im Café König.

Er war ein notorischer Junggeselle, aber ein Frauen-freund oder besser „Frauenversteher", wie man heute sagen würde.

Eines Abends tauchte er mit einer hübschen Beglei-terin im Stern auf und verzog sich gleich „hinter den Verschlag", wie wir sagten: der Tisch bzw. der Bereich hinter der Gaststuben-Garderobe, der von Blicken gut abgeschirmt war. Er bestellte für sich und seine Gefährtin je ein Viertel Rotwein.

Die Weinauswahl war damals noch bescheiden: „Kalt-erersee" als Rotwein, „Niersteiner gutes Domtal" oder „Kröver Nacktars" von der Mosel als Weißwein.

Der Rotwein wurde vom Weinhändler im Fass gelie-fert und für den Ausschank immer auf Flaschen abge-füllt - prekärerweise auf die gleichen Flaschen wie der Rum vom Fass.

Und so geschah ein folgenschweres Missgeschick: Mein Vater ergriff statt der Rotweinflasche die Flasche mit dem Rum und füllte daraus die Schoppengläser. Die Bedienung servierte und niemand merkte zunächst etwas, denn die Farbe des Rums war von der des „Kalterer See" im Glas kaum zu unterscheiden.

Nach einiger Zeit kam die Bedienung und sagte zu meinem Vater mit einem etwas merkwürdigen Unterton in der Stimme, der F. möchte nochmals „so einen exzellenten Rotwein". Beim erneuten Griff zu den Flaschen merkte nun mein Vater, dass er nicht Rotwein, sondern Rum ausgeschenkt hatte. Mit schlechtem Gewissen machte er sich persönlich auf den Weg hinter den Verschlag und F. empfing ihn breit grinsend mit einem Finger auf dem Mund. Die Dame hatte er nach Art einer Bassgeige im Arm und bearbeitete sie entsprechend. Der „Kalterer See" hatte wohl eine durch- und durchaus niederschlagende Wirkung auf das Fräulein!

Ficenz meinte anerkennend zu meinem Vater: „Du Hund... Du verstehst dein Geschäft." Und dann:

„Nochmal das Gleiche!"

Bald darauf verließ Ficenz mit seiner inzwischen sehr, sehr anlehnungsbedürftigen Begleiterin die Gaststube, nicht ohne sich nochmal bei Bedienung und Wirt für den guten Service zu bedanken.

Zu Ferienzeiten fuhr er regelmäßig nach Arbeitsschluss mit dem ersten Postbus nach Pottenstein; seinerzeit ein beliebtes Feriendomizil zahlreicher Berliner(innen). Als einzige Ausrüstung hatte er immer eine Aktentasche dabei.

Zu welchem Zweck?

Jahre später gab er mir „von Mann zu Mann" das Geheimnis seiner Aktentasche preis. Der Inhalt sei ein Schlafanzug und eine Flasche Eierlikör, kein Rum. Wobei ein Schlafanzug eigentlich entbehrlich sei - verriet er mir unter anderem.

Der Leser mag jetzt darüber sinnieren, wozu der Eierlikör?

Das mir anvertraute Geheimnis kann ich aus moralischen Gründen hier nicht ausführen.

„Und sündhaft ist der Mensch im Ganzen ..."

In einem Gasthof, wo sich viele Menschen über den Weg laufen, natürlich auch Menschen zweierlei Geschlechts, wo es in der sogenannten närrischen Zeit bei Bällen und „Kappenabenden" gerne zu prickelnden Begegnungen kommt, dort wo immer eine Schar weiblichen Personals zu finden ist, da ergeben sich auch besondere Herausforderungen hinsichtlich der Wahrung von Anstand und Sitte.

Für eine Gaststätte war es schon immer von Vorteil, wenn der (männliche) Gast mit attraktivem weiblichen Dienstpersonal rechnen konnte. So wirkte es sich auch nicht nachteilig aus, dass die Bedienungen im Stern meist von angenehmem Äußeren waren und auf die Gäste anziehend wirkten. Man achtete streng darauf, keine „Dotschn" oder „Beißzanga" anzustellen, vom Körperlichen her kein „Büchelbreddla", aber auch keinen „Pflatschn".

Neben der Stamm-Bedienung und Aushilfen waren im Stern zeitweise drei Haus- und Küchenmädchen beschäftigt; und wie liest man schon bei Wilhelm Busch: „... jeder Jüngling hat wohl mal ´nHang fürs

Küchenpersonal ... und sündhaft ist der Mensch im Ganzen!"

Eine der ersten Bedienungen - die Anneliese - kam eigentlich noch blutjung, gerade 20 Jahre alt, in den Stern. Sie war bereits das, was man heute als „Alleinerziehende" bezeichnet und daher in ihrem Heimatdorf im Bayerischen Wald nicht mehr so leicht gelitten. Ein Umstand, der die Hauptverantwortlichen für Tugend und Moral im Stern - Mutter und Großmutter - schon mal bedenklich stimmte.

Das Geturtel mit Stammgästen oder mit den jungen Sportlern vom ASV wurde trotzdem eher nachsichtig beäugt.

Problematischer wurde die Sache, als das Auge eines aufstrebenden Jungunternehmers aus Neuhaus auf die Anneliese fiel.

Montags war Ruhetag im Stern und wie sollte sich damals so ein junges Geschöpf die Abendstunden vertreiben? Bald war zu beobachten, wie regelmäßig am Montagabend bei Einbruch der Dunkelheit ein Mercedes vorfuhr. Dreimal kurz hupen und dann hörte man die Anneliese aus ihrer Kammer, unter dem Dach, die Treppen hinunter eilen - und rein in den Mercedes. Jetzt hatten nun meine Eltern bei der damals noch Minderjährigen so etwas wie eine Aufsichtspflicht und man sah auch gar nicht gern, dass sich die junge Frau mit einem weithin bekannten Casanova abgab.

Ich habe noch heute in den Ohren, wie meine Mutter besorgt äußerte: „Wenn sie sich nur nicht wieder was einsackelt...!" Und die Großmutter: „Ma mou ja Sündn fürchten!" Man machte es der Liese also zur Bedingung, auf jeden Fall vor Mitternacht wieder im Haus zu sein. Aber es kam, was kommen musste und die Heimkehrzeiten verschoben sich immer mehr in die Morgenstunden. Als die Anneliese nun einmal gerade eben vor Arbeitsbeginn mit dem Mercedes angeliefert wurde und dabei noch einen außergewöhnlich derangierten Eindruck machte, wurde sie in den Ebenhöh'schen Opel Kapitän gesetzt und zurück in die Heimat verfrachtet.

Ihre Nachfolgerin, die Magda, erschien da etwas gediegener: eine abgeklärte, üppige Mittvierzigerin, geschieden mit zwei schon erwachsenen Söhnen.

Aber auch das reife Alter hat bestimmte Bedürfnisse.

Damals gab es auf den Bahngleisen vor dem Stern noch einen regelmäßigen Rangierverkehr. Das klingt jetzt nicht nur doppeldeutig - es war so. Das „Rangieren" ging so vonstatten: Eine Rangierlok fährt vor, stoppt in Höhe der Laube beim Stern, ein rußgeschwärztes Gesicht erscheint über dem Ausstieg der Lok, ein durchdringender Pfiff von der Lokomotive, das vereinbarte Signal für die Magda. Schnell wird eine Maß Bier gezapft, die Magda eilt mitsamt der Maß durch den Zaun und rauf auf die Lok.

Wieder ein Pfiff und los geht es zurück in Richtung Bahnhof zu den Rangiergleisen. Genau nach 20 Minuten wird die Magda - jetzt mit leerem Maßkrug - wieder vor dem Stern abgesetzt. Kurz werden noch die Haare in Ordnung gebracht, die weiße Schürze wieder umgebunden, und als wäre nichts passiert, die Arbeit wieder aufgenommen. Das den Wirtsleuten bekannte männliche „Rangierpersonal" tauchte dann auch meist noch zu einem sehr späten Dämmerschoppen - Einlass durch die Hintertüre - im Stern auf. Natürlich waren die Chefin und die Großmutter von diesem Geschehen nicht sehr angetan. Aber wie kann man einer Liebhaberin der Eisenbahn das „Rangieren" verbieten, auch wenn das Geschehen auf den Gleisen sicher nicht im Einklang mit den Dienstvorschriften der Deutschen Bundesbahn steht?

Ich glaube, mich zu erinnern, dass meine etwas bigotte Großmutter darob einen extra Rosenkranz gebetet hat, denn: „Man muss ja Sünden fürchten!"

Die „Große Fränkische Diebes- und Räuberbande" des Franz Troglauer

Bei Räubergeschichten aus Franken denkt man vielleicht an den Spessart, nicht unbedingt an Pegnitz. Nur wenig bekannt ist, dass in dieser vergangenen Zeit eine Räuberbande nicht weit entfernt von Pegnitz Obrigkeit und Volk in Franken und der westlichen Oberpfalz in Atem hielt: die Troglauer-Bande, die als die „Große Fränkische Diebes- und Räuberbande" in die Geschichte einging. Kopf dieser Bande – man darf eigentlich von einem Verbrecher-Netzwerk sprechen – war Franz Troglauer aus Markt Mantel bei Weiden in der Oberpfalz. Troglauer, 1754 geboren, endete 47-jährig am Galgen.

Er und seine Bande waren in den Methoden durchaus modern. Man hatte einen eigenen Buchdrucker, der für die Herstellung von falschen Pässen, Adelsbriefen und sonstigen Dokumenten sorgte. Durch Gastwirte als Bandenmitglieder hatte man an vielen Orten der Oberpfalz und Frankens Unterschlupf und die Wirte dienten als Hehler, um die gestohlenen Sachen zu versetzen. Zur Verständigung diente eine eigene Räubersprache.

Franz Troglauer hielt sich neben einer Ehefrau mit mehreren Kindern auch noch eine Geliebte mit zwei Abkömmlingen und machte mit öffentlichen Drohbriefen an die Obrigkeit und Morddrohungen gegen einen Landrichter auch in den damaligen „Medien" auf sich aufmerksam.

Die Bande war für eine außerordentliche Zahl an Diebereien, Einbrüchen und Überfällen verantwortlich, wobei die meisten Untaten für heutige Verhältnisse wohl eher Lappalien waren. Das dreisteste Stück lieferte die Bande 1797 mit einem Diebstahl beim Bamberger Weihbischof Johann Adam Behr, der damals im sogenannten „Klerikalseminar" – heute das „neue Rathaus" – auf der Inselstadt in Bamberg residierte. Hier befand sich auch die Weihbischofskapelle, aus der man „alles vorfindige Silber, den Weihbischofsstab, Lavor, Kennlein, Handtücher, sämtliche Messgewänder, Alben" entwendete. Der Gesamtschaden belief sich auf 12.000 Gulden.

Zum Untergang der Bande führte dann – wie kann es anders sein – ein Verrat. Dabei kommt jetzt der damalige Amtmann im Markt Dachsbach bei Neustadt/Aisch mit dem vieldeutigen Namen Hergott ins Spiel. Im August 1798 gelang ihm durch die Befragung eines inhaftierten Bandenmitglieds den Auslöser zur Zerschlagung dieser sogenannten „Großen Fränkische Diebes- und Räuberbande" zu liefern. Herrgott war eine schillernde Gestalt. Er war einige Zeit Berater des Kaisers in Wien gewesen und versuchte die „majestätische Lebensführung" auf Dachsbach zu übertragen. Auf diesen Mann geht sowohl der Spruch „leben wie der Herrgott in Dachsbach" als auch die Bezeichnung „Herrgottsköpfe" für die Dachsbacher zurück. Das Ende von Herrgott war nicht sonderlich herrgöttlich, denn er wurde 1806 wegen dienstlicher Verfehlungen in Bayreuth ins Gefängnis gesteckt. Über die Erfolge bei der Verfolgung der Bande berichtet der „Fränkische Merkur" in seiner Ausgabe vom 2. Oktober 1798:

Criminell – Justiz – Anzeigen

Dem geschickten Justiz-Amtmann Hergott zu Marktdachsbach, hat es endlich geglückt, die schon längst im fränkischen Kreise verspürte Räuberbande vollkommen zu entdecken. Er hat eines der Häupter derselben gefangen genommen, das um der verdienten Strafe zu entgehen, sich anheischig machte, alle seine Mitschuldigen getreulich anzugeben, wenn man ihm höhern Orts Befreyung von der verdienten Strafe erwirken könnte. Herr Hergott hat hierüber nach Bayreuth berichtet und es soll dem Gauner Milde mit der Bedingniß zugesichert worden seyn, wenn er ohne Verzug alles getreulich und aufrichtig angäbe. Seitdem sind mehr als 104 Personen an verschiedenen Orten eingezogen worden. Verschiedene Wagen voll dieser säubern Gesellen sind bereits auf die Ansbachische Festung Wülzburg geliefert und dem Hrn. Regierungs-Assessor Stadelmann aus Ansbach ist die vollständige Untersuchung übertragen worden.

Die festgenommenen Personen wurden also auf der Festung Wülzburg bei Weißenburg inhaftiert. Der Kopf der Bande fehlte aber hierbei.

Franz Troglauer und seine Gefährtin Christine Bock wurden jedoch zur selben Zeit in Regensburg verhaftet und eingesperrt. Weitere Bandenmitglieder kamen in den unterschiedlichsten Orten in der Oberpfalz, Niederbayern und in Franken hinter Schloss und Riegel.

Franz Troglauer konnte in Regensburg noch einmal entwischen und sich kurz der Freiheit erfreuen. 1799 tauchte er wieder in der nördlichen Oberpfalz auf und gründete eine neue Bande. Bei einer Begegnung äußerte er, dass er einen seiner eifrigsten Verfolger, den Landrichter von Parkstein, Georg von Grafenstein zu ermorden gedenke, worauf die Fahndung nach ihm jetzt verstärkt aufgenommen wurde. Im Dezember 1800 gelang es einem Gerichtsdiener, den Franz Troglauer in der Nähe von Neumarkt einzufangen. Er wurde nach Amberg gebracht, wo ihm dann der Prozess gemacht wurde.

Am 6. Mai 1801 schlug Troglauers letztes Stündlein. In den Morgenstunden des Tages hatte er den „Armesünderweg" zu gehen und endete am Galgen vor den Toren der Stadt Amberg

---

Quellen:

Bernhard Weigl: „Der Galgen ist mein Grab. Auf den Spuren der Räuberbande des Franz Troglauer durch Oberpfalz und Franken". Bodner, Pressath/Oberpfalz 2005.

„Abgenöthigte Erörterung der Frage: Wie verhält es sich mit dem Verfahren der vormaligen Bayreuther Regierung in Unter- suchungs-Sachen wider den Justizrath Herrgott zu Markt Dachsbach?: zugleich als actenmäßiger Beytrag zur Beleuchtung der von dem k. b. Landrichter Schulz in der Denkschrift seiner neuesten Dienstschicksale ausgestreuten Verlaeumdungen" *(Google eBook)*

Der Doktor

Er war eine ganz besondere Persönlichkeit und er hieß bei allen einfach „der Dokter". Ob bei den Schützen, deren langjähriger Vorsitzender er war, bei seinen Patienten oder im Krankenhaus bei den Kollegen. Andere hatten zum Titel ihren Namenszusatz, er war schlichtweg „der Dokter".

Ende der Fünfziger zog der Doktor mit Praxis und Wohnung in sein neuerbautes Haus an der Bahnhofstraße, wurde so unser Nachbar und meiner Familie ein Freund.

Als Facharzt hatte er es eigentlich nicht nötig, Hausbesuche zu machen, das ließ er sich für die nächste Nachbarschaft aber nicht nehmen.

Sommers wie winters war er mit Sandalen und kurzärmligem Hemd bekleidet. In der kalten Jahreszeit kam lediglich eine Joppe dazu und außerhalb des Hauses sah man ihn dann mit hochgezogenen Hosenbeinen durch Matsch und Schnee stapfen.

Sonst bewegte er sich mit provozierender Langsamkeit in seinem Ford Taunus durch die Pegnitzer Straßen in Richtung Krankenhaus, am Mittwoch in Richtung Café Sauer.

Die Kgl. Privilegierten Schützen konnten sich keinen besseren Vorsitzenden wünschen. Er verstand zu repräsentieren, war besonnen bei Entscheidungen, seine Sprüche und Reden waren überlegt und pointiert, Geschwätz und Umschweife waren ihm ein Graus.

Er genoss sein Pils immer eiskalt. Am besten war, wenn die Flasche angefrostet gebracht wurde. Vor dem Einschenken in sein Schützenkrügel lief eine „haptische" Temperaturprobe ab, etwa fünf Sekunden lang. Wenn in Ordnung befunden, wurde eingeschenkt, war die Flasche zu warm, empfing die Bedienung das vernichtende Urteil: „Ich trink doch kan Tee!"

Mit Patienten pflegte der Hals-Nasen-Ohren-Doktor einen kurz angebundenen, sachlichen, aber meist gutherzigen Umgang.

Von Gewerkschaftern und Sozis hielt er nicht viel, wenngleich seine Patienten auch aus diesen Kreisen nichts auf ihn kommen ließen.

Hans Scheuerlein erzählte mir, als wir damals gemeinsam im Stadtrat saßen, seine Begegnungen mit ihm.

Scheuerlein musste aufgrund seiner zahlreichen gewerkschaftlichen und politischen Posten viele Reden halten. Er war auch starker Raucher und so am Kehlkopf anfällig. Als ihm wieder einmal seine Stimme versagte, suchte er den Doktor auf. Der schaute ihm in den Hals, wog bedeutungsschwer den Kopf, sagte aber nichts. Als Hans fragte, was er hätte und was nun zu tun wäre, lautete die lakonische Antwort: „Halt mal dei Maul!"

Ein andermal berichtete ihm Hans von einem zeitweiligen Stimmversagen, das sich immer mit einem „Giekser" ankündigte. Diesmal war der Doktor etwas gesprächiger und sagte: „Des hat ich auch mal. Jed´s mal, wenn ich in der Kärch des erste Gsetzl g´sungen hab, hab ich a so an Giekser kriegt." Hans Scheuerlein: „Und was haben´s dann g´macht?" Der Dokter: „Ich bin nimmer in die Kärch gangen."

Ein Elektromeister aus der Nachbarschaft unterzog sich beim Doktor - noch im alten Krankenhaus - einem Eingriff an der Nase. Nach der Operation in örtlicher Betäubung wurde ihm die Nase austamponiert und er mit den Worten nach Hause geschickt: „Fertig! Kommst morgen wieder." Auf dem Weg wunderte er sich, dass alle Leute, denen er begegnete, ein Grinsen nicht unterdrücken mochten. Als er sich endlich in einem der Schaufenster vom Textil-Gebhard betrachten konnte, blickte ihm ein blutverschmiertes und um die Nase dick aufge-schwollenes Gesicht entgegen. Schnurstracks eilte er zurück ins Krankenhaus und stellte den Dokter zur Rede:

„Ich seh aus wie a abgstochne Sau und so lässt mich losziehen."

Der Dokter: „Stimmt, so siehst aus. Aber, was geht mich des an."

Beim weiteren Disput soll dann das berühmte Goethe-Zitat gefallen sein; einen Körperteil betreffend, mit dem aber der Dokter sonst nichts zu tun hatte.

Als ich gerade fünfzehn war, bekam ich eine recht unangenehme, schmerzhafte und fiebrige Entzündung in Mund und Rachen. Der Doktor ließ es sich nicht nehmen, in der Nachbarschaft einen Hausbesuch zu machen.

74

Er schaute mir in den Schlund und für ihn war die Sache gleich klar.

„Was hab ich?", fragte ich. Der Doktor: „Die Maul- und Klauenseuche." Und: „Sei froh, daß'd kein Rindviech bist, sonst müßt' dich dein Vater jetzt notschlachten."

Er verschrieb mir ein höllisch scharfes Zeug zum Gurgeln und „Pinseln" und nach drei Tagen war ich gesund und so der Notschlachtung entgangen.

Der Dokter hat seinerzeit fast die ganze junge Bevölkerung des Landkreises von ihren Mandeln befreit. Da er bald keine diesbezügliche Kundschaft mehr hatte, „vergriff" er sich gar an Greisen - und auch am eigenen Sohn. Als Famulus am Pegnitzer Krankenhaus anfang der Siebziger bekam ich mal folgendes Gespräch mit. Der Dokter zu seinem „Narkotiseur" Dr. Schlabeck, damals Assistenzart am Krankenhaus: „Ich operier morgen die alt ... , die ist scho 80!" - "Ja!?" - „Mach mir bloß a g'scheide Narkos'n, denn i könnt mir es nie verzeihn, wenn dem Mutterl wos passier'n tät!".

Die Operation ging gut, natürlich unter Begleitung mit den üblichen Dokter-Sprüchen zu dem Assistenten währenddessen: „I siech nix! - Ja Blut vonnera Katz! - I siech nix! - Saug! Ja saug endlich...!"

Zu seinem 60. Geburtstag schenkten ihm die Ärzte des Krankenhauses eine moderne elektrische

HNO-Stirnlampe. Die nahm er dankbar entgegen, lagerte sie aber gleich für dauerhaft in seinem Instrumentenschrank ein: „Damit siech i nix!" Sprachs und verwendete weiter seinen alten Blechreflektor mit 100-W-Birne mitsamt dem alten Stirnspiegel.

Ich hatte zu ihm ein respektvolles, der Doktor zu mir ein gönnerhaftes und aber auch ein durchaus herzliches Verhältnis, war es als Jungschütze und später zu dem jungen „Kollegen".

Einige Zeit vor seinem Tod erzählte er mir bei einem letzten Treffen im Schützenhaus am Zipser Berg – ich war selber schon „Doktor" - seine erstmalige, eigene Bedrohung durch Krankheit, wohl schon mit Todesahnung. Er schilderte mir seinen ersten Herzinfarkt mit folgenden Worten:
„Da war ich hierher unterwegs, als mir ganz komisch worn is. Ich hab mir denkt, Fritz, jetzt geht´s dahin ... Da hab i mi erst mal no setzen müssen - und dann hab i an Schnaps braucht."

Fritz und Fritz

Die Gegensätze konnten nicht größer sein: Da der Akademiker und Doktor, dort der Arbeiter und Metzgergeselle Fritz Geißlinger. Man pflegte dennoch gegenseitigen Respekt, wie es sich eben damals gehörte - trotz der „Klassenunterschiede".

Einmal im Jahr sahen sich die beiden Fritzen auf „Gedeih und Verderben" aufeinander angewiesen: bei der herbstlichen Hausschlachtung für den Doktor Fritz Gabler, dem Nachbarn.

Die Sau hatte mein Vater zu besorgen, und die Ansprüche des Doktors waren hoch: zwei Zentner wenigstens, nicht zu fett, nicht zu mager; am besten „aus der Pfalz".

Für die Verarbeitung war dann der Geißlingers Fritz zuständig. Eine nicht ganz einfache Aufgabe für den Nebenerwerbs-Metzger.

Zum baldigen Verzehr nach der Schlachtung mussten Siedwürste, die Schipf und natürlich Bratwürste fertiggestellt sein. Pressack - weiß, rot und von der Leber, Bauernseufzer, Hirnwurst, G´r ä u c h für die Vorratskammer, schließlich dann noch reichlich gut zugeschnittene Bratenteile für die Kühltruhe.

Wie gesagt, die Ansprüche waren stets hoch.

Der Doktor war damals Vorreiter „in Sachen Kühltruhe" in Pegnitz, denn er besaß schon sehr früh zwei mächtige Exemplare für die anfallenden „Viktualien".

Dazu muss man wissen: damals gab es noch keine Pflicht-Krankenversicherung für Landwirte, und nicht nur Bauern entlohnten die ärztlichen Dienstleistungen oft mit Naturalien. Der Doktor erhielt vielerlei: Eier, hausgemachte Wurst, auch mal eine Gans, einen Hahn oder ein Stück Wildbret, usw.

In den Gefriertruhen des Doktors mussten außerdem die Preise für das jährliche im Herbst stattfindende „Viktualienschießen" der Kgl. Privilegierten Schützengesellschaft eingelagert werden.

Waren die Erwartungen bezüglich der Verarbeitung der Sau erfüllt, fielen Lob und Löhnung für den Geißlinger immer großzügig aus.

Aber - wie gesagt - der Doktor war anspruchsvoll.

Fritz Geißlinger und mein Vater konnten ihm nur schwer plausibel machen, dass eine Zwei-Zentner-Sau nicht nur aus zwei Zentner Schinken und Braten besteht, sollten zudem noch ein halber Zentner Pressack und „Wörschd" herausgeholt werden.

Ich konnte einmal Zeuge werden, wie sich Fritz und Fritz bei der Schlachtschüssel kabbelten.

Der Geißlinger ist in der Wurstküche mit dem Füllen einer Plunze beschäftigt. Neben dem Kessel, aus dem das Gesottene geschöpft wird, steht der Doktor und überwacht alles. Das ließ er sich nämlich nie nehmen: die höchstpersönliche Überwachung der Produktion, am „Mirtwoch", vor Ort in der Werkstatt, mit einem Fleischspieß in der Hand und hin und wieder im Kessel herumstochernd.

Dr. Fritz: „Geißlinger, i möchd diesmal an gscheidn Bressagg, ned blos mit Schwardn, wie letzthin."

Fritz: „Wie kann i an gscheidn Bressag machn, Herr Dokter, wenns ma´s ganze Fleisch aus ´ m Kessel rausfressen!"

"Dr. Fritz: „Ts, ts, ts ...".

Sprach`s, schob noch ein Stück von einer Schweinebacke in den Mund und zog scheinbar gekränkt ab.

Ein Jahr später durfte der Geißlinger dennoch wieder einen „gscheidn Bressagg" für den Dokter machen und wieder musste er versuchen, aus einer Zwei-Zentner-Sau einmal mehr als zwei Zentner Braten und Schinken und einen halben Zentner Würste und Kesselfleisch zu produzieren.

Siehste!

Sie ist seit Urzeiten ein Ärgernis, die alte Bahnunterführung am Stern in Richung Bahnhofstraße. In einer Zeitungskolumne hieß es mal: „ ... man kommt in einen halbfinsteren Durchlass unter dem Bahnkörper, der größere Menschen zum leicht gebückten Gang, Radfahrer zum Absteigen und bedachte Männer in besserer Kleidung bei starkem Regen zum Hosenbeinhochziehen zwingt. Mütter beugen sich über ihre Kleinkinder, wenn gerade ein Güterzug wie ein Weltkriegsstahlgewitter über den Durchlass donnert ...“ (Herbert Scherer, der früher Direktor des Gymnasiums)

Die Bahnunterführung war einer der betriebsamsten Orte in Pegnitz. Immer morgens vor Schichtbeginn oder am Nachmittag, wenn die Werks-Sirenen den Feierabend gemeldet hatten, kamen hunderte Arbeiter und Beschäftigte von den Betrieben hier durch. Jeder, der von der Stadt zur Post oder zum Bahnhof wollte, musste durch die Unterführung, außer man nahm den Umweg über die Bahnbrücke zwischen Finanzamt und der „Baywa" in Kauf.

Die Unterführung war demnach auch ein optimaler Platz für jede Art von Bettlern und Fechtbrüdern.

Noch bis in die 60er Jahre gehörten Kriegsinvaliden, die ihre kärgliche Stütze durch Betteln aufbessern wollten, auch in den kleinen Städten zum Ortsbild. Es waren oft recht bedauernswerte Gestalten.

Da kamen unter anderem „invalide" Ziehharmonika- und Drehorgelspieler vorbei, die wie auf einer Tournee, in regelmäßigen Abständen bei der Unterführung aufspielten.

Ein ganz besonderer Kandidat war ein „Kriegsblinder", der immer wieder an der Unterführung zum Betteln erschien. Sein Stammplatz war auf der Ostseite des Durchgangs, denn hier weitet sich der Weg etwas.

Der Mann war die mustergültige Erscheinung eines Invaliden: gekleidet in eine alte Joppe, die an eine Uniformjacke der Wehrmacht erinnerte, auf dem Kopf über zotteligen langen Haaren eine

Landsermütze. Die „Blindheit" wurde mittels einer dunklen Brille dokumentiert, dazu gehörten ein Blindenstock und am rechten Arm die gelbe Binde mit den drei schwarzen Punkten. Vor der Brust hatte er ein Pappschild mit der Aufschrift: „Kriegsblind".

Er saß auf einem Klapphocker, neben sich den Stock und vor den Füßen seine Sammelbüchse, die irgendwie aggressiv groß und fordernd aussah, eine ausgediente Bohnerwachsdose.

Mein Freund Alfons - ein listiger Bursche, ein richtiger „Fäächer" oder „Frecker", wie man auch sagen könnte - vermutete, dass mit dem Invaliden etwas nicht stimmt, und dem wollten wir auf die Spur kommen.

Wir saßen, wie so oft in den Ferien, zusammen auf dem Zaun des Sterngartens und beobachten das Leben und die Vorkommnisse vor und hinter der Unterführung. Jedes Mal, wenn ein Passant eine Münze in die Büchse warf, nickte der Blinde mit dem Kopf und quetschte ein „V`gelts`Gott" aus seinem Mund.

Und nun unser Test. Wir spazierten an ihm vorbei und Alfons warf einen Kronkorken in die Büchse. Die Reaktion wie immer: das Nicken und „V´gelts´ Gott".

Die Probe schien für den Blinden bestanden, genügte uns aber noch nicht. Außer Sichtweite des „Invaliden" wendeten wir und warfen am Rückweg noch einmal einen Kronkorken in die Dose.

Diesmal aber eine ganz andere Reaktion: „Ihr Saububen, Dreckskerl´, wollt einen Kriegsinvaliden bescheißen! Schämt ihr euch nicht?" Rief´s und gestikulierte noch drohend mit seinem Blindenstock hinter uns her.

Unsere Vermutung war aber dadurch noch nicht bewiesen, denn Blinde sollen ja ein besonders feines Hörorgan besitzen und damit auch in der Lage sein, eine geworfene Münze von einem Kronkorken oder Hosenknopf zu unterscheiden. Dass er uns als „Saububen" identifizierte, schien uns auch noch kein endgültiger Beweis.

Wir mussten jetzt zu Mittag nach Hause - ich zurück in den Stern.

Als ich nach dem Mittagessen in die Gaststube schaute, saß da der „Blinde" ohne seine schwarze Brille und hatte vor sich seine Tageseinnahmen zum Nachzählen ausgebreitet. Offensichtlich erfasste er die Summe nicht nur durch seinen Tastsinn, denn nach dem Zählen studierte er intensiv die Speisekarte und bestellte bei der Bedienung eine Halbe und das Stammessen.

Unsere Kellnerin wunderte sich, warum ich unbedingt diesen Gast bedienen wollte. Sie ließ mich aber einfach „machen".

Ein bisschen mulmig war mir, als ich mit einem aufgesetzt freundlichen Grinsen dem Gast das bestellte Bier vorsetzte. Als der „Blinde" mich als einen der beiden gescholtenen Lausbuben erkannte, fiel seine Reaktion dürftig aus. Er hätte doch gute Miene zum bösen Spiel machen können und weiter den Behinderten und einen dankbaren Gast mimen können. Aber nein, er stand auf, raffte seine Münzen zusammen und verließ eilig, ohne etwas zu trinken oder zu essen, die Gaststube.

Die Bedienung und besonders mein Vater wollten dann schon wissen, was da vorgefallen sei. Dass der Gast vor einem vierzehnjährigen Lauser wie in Panik davon rennt und dem Wirt und der Bedienung ein Geschäft entgeht, fanden sie schon etwas merkwürdig.

Nach meinem Rapport meinte Vater grinsend wie so oft bei solchen Anlässen: „Man sollt dir eine neihaun". Was Gott sei Dank nur selten passierte.

Als ich dem Alfons später von der endgültigen Enttarnung des Blinden berichtete, stellte er nur lakonisch fest: „Siehste!"

An der Unterführung hat man den „Kriegsblinden" danach nie mehr gesehen.

Die Bahnhofstraße

Eine der „Lebensadern" des Städtchens! Was lief nicht alles dort ab! Viele, in der AMAG, bei Baier und Köppel, im Bergwerk arbeiteten, mussten da entlang. Die meisten nicht ohne erst die Bahnunterführung beim Stern zu unterqueren - aber das ist ein anderes Kapitel.

Wer weiß es noch, dass an der Bahnhofstraße das einstige, sehr imposante Postamt mit einer eindrücklichen Schalterhalle war. Und am Postamt fuhren damals jede Menge gelber Postbusse vor, welche Pendler und die „Fahrschüler" nach Pegnitz brachten.

Dann natürlich der Bahnhof, ebenfalls Zielpunkt von Pendlern und einstmals gar Schnellzughaltestelle an der Strecke Paris-Prag.

Wer erinnert sich, als in Pegnitz noch der Groß-Zirkus Willy Hagenbeck gastierte: Vom Güterbahnhof aus zogen dann die Zirkuswagen, edle Pferde, Kamele, die Elefanten - die sich an ihren Schwänzen führten, Clowns mit schönen Frauen an der Spitze, über die Bahnhofstraße in Richtung Wiesweiher!

Gab es einen Sterbefall in den östlichen Stadtteilen, sah man denn das schwarze Leichengespann des Begräbnisvereins auf der Bahnhofstraße in würdiger Langsamkeit sich in Richtung Begräbnisstätte fortbewegen – „entschleunigend", ohne Rücksicht auf eiligen Auto- oder Fußgängerverkehr.

Ich erinnere mich an Naturkatastrophen mit Gewitter und „Starkregen" – wie man heute sagt, wie die Bahnhofstraße unter Wasser stand und wie einer der großen Bäume durch einen Blitz gefällt wurde.

Zweimal erlebte ich es fast „hautnah",neugierig wie ich war, als es in der AMAG bzw. der Gießerei brannte. Der Feuersog beim Brand der Gießerei war so stark, dass Bäume in der Nähe des Bahnhofs durch den Luftsog entlaubt wurden.

Die Anrainer an der Bahnhofstraße seinerzeit: die Gaststätte der Lutters-Wally, die Zahnarztpraxis Murr; die Praxis von Dr. Brommer; das Kurzwarengeschäft der „Elbels Käthe" - im Obergeschoss die Zahnarztpraxis des Dr. Reichold; an der Einmündung der Amberger Straße die Praxis und das Wohnhaus von Dr. Gabler; dann weiter in Richtung Stadt die BAYWA; rechts gegenüber das Sterngrundstück, anschließend das Wohnhaus von Landrat Dr. Dittrich; links dann der Graf'sche Baustoffhandel und anschließend die Sparkasse.

Da endet(e) die Bahnhofstraße und ging, geht zusammen mit dem „Bahnhofsteig" bei der Konsumbrücke in die Hauptstraße über.

Die Elbels Käthe - und ihre tierische Empfängnisverhütung

Damals machte man mit seinem Hund nicht so ein Gewese wie heute. Natürlich wurde ein gepflegtes Hündchen anständig „Gassi" geführt. Die meisten Hundebesitzer entledigten sich aber der Notdürftigkeiten dadurch, dass man einfach die Tür öffnete und den Hausgenossen nach draußen ließ; überhaupt kein Problem, wenn der Hund sowieso überwiegend im Freien gehalten wurde.

Gilt nicht auch für den männlichen Hund schon immer: „Nach Freiheit strebt der Mann"? Denn neben der eigentlichen Angelegenheiten schaut der Hundemann nach Kumpels aus oder misst sich sportlich mit einem Konkurrenten. Und, wenn es an der Zeit ist, unbeeinträchtigt vom Zerren an der Leine oder anderen Einschränkungen durch den Menschen, macht er einer Hundedame den Hof.

Ende der 50er gehörte im Stern ein Spitz zur Hausgemeinschaft: ein hübscher weißer Rüde, gar mit Stammbaum. Jenseits der Bahn und über der Bahnhofstraße wohnte eine Spitzdame. Sie gehörte zum Haushalt der Beißwangers. Die „Elbels Käthe", wie sie auch genannt wurde, betrieb dort das von den Eltern übernommene Textil- und Kurzwarengeschäft.

Wie es bei Hunden so ist, drohte auch der Elbelschen Hundedame zweimal im Jahr Ungemach - oder - je nach Sichtweise, die Wonnezeit.

Unerwünschter Nachwuchs ist in allen Familien nicht gern gesehen und so muss Vorsorge getroffen werden. Die Käthe rief regelmäßig bei uns an, wenn bei ihrer Hundedame verdächtige Erscheinungen auftraten. Und dann wurde unser Fiffi einfach während der gemeldeten „Hitze" ganztags angeleint und seiner Freiheiten beraubt.

Die Beißwangerin wollte aber ihre Hündin zu diesem Zeitpunkt nicht unbedingt im Haus haben. Hundebesitzer wissen, warum. So wurde die Spitzdame also draußen vor dem Geschäft angeleint. Damit war sie aber fast ungeschützt den vorbeikommenden „Herren" ausgeliefert, denn man konnte nicht ständig ein Auge auf sie haben. Vom Ebenhöhs- oder Stern-Hund ging aufgrund der erwähnten Vorsorgemaßnahmen keine Gefahr aus. Aber da gab es noch andere Gesellen.

Ein besonders aufdringliches, maskulin-freches Exemplar erschien in der Gestalt eines Drahthaar-Foxterriers, der dem „Torschmied" gehörte. Er hatte den typischen viereckigen Kopf dieser Hunderasse, das Fell erschien raspelkurz wie ein „Stiftenkopf" und der Schwanz war kupiert (zum

Bedauern der Elbels-Käthe nicht aber das Geschlechtsteil). Das Auftreten des Stiftenkopfs erinnerte an das eines echten „Stenz". Er mutete immer geschäftig und zielstrebig an. Die Fortbewegungsweise war eine Art Traben oder Stolzieren: Zügig, nie zu schnell - außer auf der Flucht. Nun gab es damals noch keine einfach anzuwendenden, pharmazeutischen oder technischen Verhütungsmittel für Hunde, die man beim Haberland, in der Schloß-Apotheke oder beim Drogisten erstehen konnte - mit Diskretion, versteht sich. Naheliegend war also eine einfache mechanische Lösung, zu der denn auch die Beißwangerin griff: Es wurden zwei breite Leukoplaststreifen kreuzweise als Versiegelung über die hündische Lustpforte geklebt. Man kann sich leicht ausmalen, dass dies nicht lange gut ging. Wir Nachbarsbuben haben uns immer königlich amüsiert, wenn die Elbels-Hündin wie besessen mit ihrem Hinterteil über das Trottoir rutschte; schon während ihrer noch „ungeschützten" Hitzezeit und besonders intensiv, als es darum ging, den ungewollten Schutz abzustreifen - was auch immer gelang.

Der sozusagen ultimative Einfall der Elbels-Käthe zur Problemlösung wurde später bis ins Einzelne am Sternstammtisch ausdiskutiert. Ich kann mich hier leider nur auf das Hörensagen und auf Dritte beziehen, also auf meinen Vater und auf die

Stammtischgäste, wie die „Sparkasserer", die „Schützen", den Flechseder und andere bestimmt vertrauenswürdige Zeitgenossen.

Nach der erkannten Unzuverlässigkeit des Pflaster-Kondoms kam die Beißwangerin nämlich auf die Idee, ihrer Hundedame ein Nadelkissen gespickt mit nach außen gerichteten Stecknadeln am Hinterteil zu fixieren. Vereitlung und Strafe! Der Torschmied-Foxel, der Stenz und Stiftenkopf wurde schließlich das Opfer seiner hündischen Begierde und des neuartigen „Nadel-Pessars".

Die Details dazu, was sich bei dem Versuch der Durchführung des Aktes ereignet hat, darf ich mir hier ersparen. Meine Kumpels aus der Nachbarschaft und ich waren nicht als Zeugen dabei. Wer allerdings über genügend Phantasie verfügt, kann sich das Geschehen und die Folgen gut vorstellen.

Sie glauben es nicht?

Die Geschichte wurde so oft am Stern-Stammtisch bis ins Einzelne ausgemalt, von den angeblichen Augen- und Ohrenzeugen, und dabei mit nachgeahmten Hunde-Balz- und Schmerzlauten ausgeschmückt, dass sie schon dadurch nicht zu bezweifeln war. Und wer die Elbels-Käthe, die Beißwangerin, kannte, weiß, dass diese Geschichte nicht unbedingt eine Bier- und Stammtisch-Dichtung ist.

Johann Sebald – oder: „Ei ei ei ei, die Gaas is gfreckt..."

Es gab schon immer besondere Charaktere unter den Pegnitzer Stadträten. Wer erinnert sich nicht auch an Johann Sebald, eine Persönlichkeit, die damals durchaus Gewicht im politischen Leben der Stadt hatte. Gewicht auch im echten Sinn des Wortes.

Johann Sebald saß damals Stadtrat im Sitzungssaal mir direkt gegenüber, in den Reihen der Pegnitzer „CSU-Granden".

In der Kirche - J. Sebald war ein bedeutsames

Mitglied der katholischen Kirchengemeinde - hat er schon früher ob seiner stattlichen Erscheinung und seiner kräftigen Sangesstimme Eindruck auf mich gemacht.

Johann Sebald war Feuerwehrmann mit Leib und Seele, er war der langjährige Kommandant der KSB-Werksfeuerwehr. Wenn im Stadtrat Themen im Hinblick auf Feuerwehrbelange behandelt wurden, war sein Rat gefragt und hier lief er auch zur Höchstform auf. Manchmal ging das Temperament mit ihm durch und die Worte hielten oft nicht Schritt mit den Gedanken und der beabsichtigten Kunde. Und dann kam noch die spezifisch Pegnitz-ländliche Mundart dazu, deren Ausformung sich mit der Leidenschaftlichkeit im Thema verstärkte. Wenn er vom „Brifdienst" im Zusammenhang mit Brandschutzauflagen sprach - was ihm immer ein besonderes Anliegen war, schauten alle erst etwas verwundert, bis man begriff, dass er „Prüfdienst" meinte. Hans Scheuerlein foppte dann immer seinen AMAG-Kollegen, indem er Zwischenfragen nach Beförderungsart und Adressen der „Briefe" stellte.

Von 1970 bis 1972 war ich in den Semesterferien regelmäßig als Werkstudent im Lohnbüro der AMAG tätig. Durch meine Beziehung zu Hans Scheuerlein und einen guten Draht zum damaligen Personalchef hatte ich immer mal Gelegenheit, auch an besonderen Ereignissen im Werksleben teilnehmen zu dürfen.

So erinnere ich mich an eine originelle Vorführung der Werksfeuerwehr unter der Leitung von Johann Sebald.

Es sollte die wirksame Bekämpfung von Bränden bei Gasexplosionen veranschaulicht werden. Vor großem Publikum auf dem Werksgelände - Firmenleitung, Betriebsrat und fast alle Abteilungsleiter waren anwesend - moderierte Johann Sebald die Schau. Man sah eine große Gasflasche, aus welcher ein Schlauch zu einem mit Sand gefüllten Stahlbecken lief, das als Explosions- und Brandherd dienen sollte. Darum herum waren die KSB-Feuerwehrleute in imponierenden Schutzanzügen und mit eindrucksvollem Gerät aufgestellt. Johann Sebald erläuterte nun ausführlich, wie gefährlich „die Gaas" sein kann, wenn sie sich unbemerkt ausbreitet und dann noch entzündet. Dass Sebald von „der" und „die" und nicht von „dem Gas" sprach, wunderte kaum einen, es war eben seiner regionalen Sprachvariante und dem persönlichen Elan in der Sache geschuldet. Eindrucksvoll erläuterte nun der Kommandant, was alles passieren kann, wenn „die Gaas" kommt und explodiert. Wie man dem zu Leibe rücken kann, wollte man jetzt demonstrieren und so kam der Befehl des Feuerwehrhauptmanns: „Gaas marsch!"

Man hörte ein leises Zischen, dann züngelten kleine blaue Flämmchen in der Stahlwanne auf. Dann wieder ein etwas anders klingendes Zischen - ein „Spratzeln" könnte man sagen - und die kaum aufgeglommenen Flämmchen erloschen wieder.

Stille!

Nach einer Pause, mit etwas ungläubigem Staunen im Gesicht des Moderators, kam dann der Ausruf „Wo bleibt denn die Gaas...?"

Da erklang unüberhörbar aus den Reihen der Betriebsräte im Hintergrund das damals gerade wieder populär gewordene Trinklied mit seinem Refrain: „Ei ei ei ei, die Gaas ist gfreckt... die Gaas, die Gaas ist gfreckt..."

Nun gab es kein Halten, ein unsagbarer Lach- und Heiterkeitssturm brach sich Bahn in dem Szenario. Und mittendrin der arme Feuerwehrkommandant, der nicht recht wusste, wie ihm geschah. Nachdem er sich wieder gefasst hatte, glaubte ich, von seinen Lippen, nahezu wortlos, das berühmte „LmdaA!" lesen zu können.

Seiner Reputation als Feuerwehrkommandant brachte dieser Vorfall keinen Abbruch.

Ich hatte damals noch nicht geahnt, einmal mit Johann Sebald im Stadtparlament über die Geschicke unserer Stadt und besonders über den kommunalen „Brifdienst" beim Feuerschutz diskutieren und in der Kirchenbank und bei öffentlichen Anlässen neben ihm einen „Honoratiorenplatz" einnehmen zu können.

Der Posthalter

Der „Posthalter" war einst die erste Adresse in der Pegnitzer Gastronomie – und nicht nur das.

Am Stammtisch verkehrten in früheren Zeiten die Honoratioren der Stadt, so manch eingefleischter Pegnitzer kehrte dort ein. Auch noch als das PPP bereits eine international bekannte und gefragte Institution war.

Die Geschichte des Hauses geht bis zum Beginn des 18. Jahrhunderts zurück, als der „Gasthof Schwarzer Adler" von Johann Pflaum, dem Urahn der jetzigen Pflaums, der Brüder Andreas, Heiner, Hermann und Eugen, gegründet wurde. Er wurde später die Posthalter-Station und stellte den Durchreisenden damals auch schon fünf Gastzimmer zur Verfügung.

So wurde der Grundstock für das spätere „Fünf-Sterne-Superior-Hotel" gelegt.

Aber es brauchte die Initiative der kreativen Brüder Andreas und Hermann - sicher auch angeregt durch die geschäftstüchtigen Eltern - um das Haus zu seinem späteren Renommee zu führen.

Der Journalist Christoph Wendt schrieb vor 20 Jahren in der WELT:

„Dieses Hotel, Pflaums Posthotel, ist allerdings kein Hotel im üblichen Sinne ... Es ist so etwas wie die Gestalt gewordene Philosophie der Brüder Andreas und Hermann Pflaum, ihr Versuch, in einer unvollkommenen Welt vollkommene Gastlichkeit zu zelebrieren. "

Und das war gelungen.

Weiter:

„Die Rosenthal-Suite `Venus in Blau´ wurde ... vom New York Design als schönste Suite der Welt mit einer Goldmedaille ausgezeichnet. Die New York Times zählt das PPP zu den sieben Weltwundern der Boutique- und Arthotels, und das FAZ-Magazin wählte es in die Rangliste der zehn verrücktesten Traum- und Märchenhotels der Welt".

Zu den Gästen des Hauses gehörten Michail Gorbatschow, John Travolta, Andy Warhol und Kardinal Joseph Ratzinger, ferner James Levine, zu dessen Ehren eine Suite im Stil der Carnegie Hall eingerichtet wurde; der Tenor Plácido Domingo, Roberto Blanco, Walter Scheel, Heinz Konsalik, Birgit Nilsson, Franz Josef Strauß, Hans-Dietrich Genscher, Helmut Schmidt, Leonard Bernstein und viele andere.

Michael Jackson, der anlässlich seines Konzerts in Bayreuth 1992 dort logierte und seinen 34. Geburtstag feierte, hatte das gesamte Hotel mit seinen 25 Suiten gemietet; er fand, dass er so etwas noch nie gesehen habe.

Und es heißt, Roberto Blanco meinte, hier kämen Sonnenstrahlen aus jeder Steckdose.

In der alten Posthalterstube, der Keimzelle des Hauses, trafen sich dennoch weiterhin auch Pegnitzer zum Stammtisch und wurden von Andreas und Hermann immer liebenswürdig bewirtet. Es gibt denn für uns „Stammtischler" Erinnerungen zuhauf – nicht nur an prominente Gäste.

Ich hatte die Ehre, als Willy Brandt im PPP weilte, als Jungs-Sozi zu einem Empfang mit ihm eingeladen zu sein - „Frühschoppen mit Weinbrand-Willy", wie boshafte Stammgäste sagten. Franz Josef Strauß kam an den Stammtisch, als wir beim Schafkopfen waren, um „den Männern" einen jovialen Kommentar zukommen zu lassen.

Ich erlaube mir, eine bissige Anekdote zum Besten zu geben, die dem Andreas nicht so gefiel; auch, wenn sie hinter vorgehaltener Hand an der „Bar zum Säbel

Napoleons" zum Besten gegeben wurde.

Es war als der alte Stadel im Pflaum-Anwesen eines Nachts in Flammen aufging. Heiner, der älteste der Brüder saß in der Posthalterstube, als von draußen ein Gast hereinstürmte und rief: „Heiner, euer Stodel brennt!" - Stimmt es wirklich, dass Heiner dann sagte: „Wos, jetzad scho?"

Wenn es nicht stimmt, ist es denn bissig-witzig, fast etwas bösartig erfunden. Was aber auch zu Pegnitzern passt – und besonders zu dem einen oder anderen Stammgast der Posthalterstube, den ich kennenlernen durfte.

Andreas und Hermann waren hervorragende Gastgeber, nicht für ihre prominenten Gäste, auch für uns Pegnitzer.

Den „Posthalter" gibt es nicht mehr. Teilweise durch kriminelle Machenschaften von sogenannten Investoren und auch durch Banken verloren die Brüder Pflaum ihr Eigentum, Hotel und Residenz – und Pegnitz eine nicht wiederzubringende Einrichtung und damit einen nicht unerheblichen Teil von seinem Prestige.

Mit dem Zusammenbruch und Abriss des PPP ist gleichwohl ein Teil der „Welt von gestern" nicht nur für mich untergegangen..

Ruth Sommer und der UFA-Star

Man war im Stern immer etwas neidisch, wenn man erfuhr, dass Rudolf Schock, der zu dieser Zeit berühmteste deutsche Tenor, während der Festspielzeit wieder bei der „Lutters Walli" in deren Gasthof am Bahnhof abgestiegen war. Er kehrte dort jedes Jahr ein, um bei der befreundeten Familie seine Lieblingsspeise „Schweinebraten mit Fränkischen Klößen" zu genießen.

Das war lange, bevor sich prominente und internationale Stars in Pflaums Posthotel die Klinke in die Hand gaben.

Warum musste die „Fränkische Presse" immer wieder so penetrant über dieses „Prominenten-Ereignis" berichten. Dieses Blatt - heute „Nordbayerische Zeitung" - besaß damals quasi das Medienmonopol in Pegnitz. Und das wurde vor Ort von Ruth Sommer repräsentiert.

Ruth Sommer war eine außergewöhnliche Frau, in vielen Dingen der Zeit voraus, emanzipiert, klug, gut aussehend, frech, leidenschaftlich, aber andererseits freilich auch kauzig. Sie war auch, wie kann es bei solchen Eigenschaften anders sein, eine Aktivistin für die fortschrittlichen Belange der SPD und der

Gewerkschaften. Ebendeshalb sorgte Ruth Sommer dann auch für prominenten Besuch im Stern.

Sie hatte einen Frauenarbeitskreis gegründet und organisierte Vortrags- und Diskussionsabende mit interessanten Leuten, natürlich zu Frauen-Themen. So gelang es ihr eines Tages, Olga Tschechowa, den legendären Ufa-Star, zu einem Vortrag für ihren Frauenkreis zu gewinnen. Damals hatten Gewerkschaftler oder SPDler kein Problem, eine „Promotion" für eine Geschäftsfrau und deren Geschäftsidee zu veranstalten, wenn man nur eine außergewöhnliche Person gewinnen konnte.

Olga Tschechowa war neben ihrem Filmruhm als die leibhaftige Repräsentantin ihres Buches berühmt geworden: „Die Frau ohne Alter." 1952 hatte sie eine erfolgreiche Firma für Kosmetikprodukte gegründet und stellte besonders „natürliche Methoden" heraus. Mit dieser Vermarktungsidee war sie der Zeit schon irgendwie voraus.

Der vormalige Weltstar, die angebliche Lieblingsschauspielerin Adolf Hitlers - ein Umstand, der damals niemanden störte - trat also vor dem „linken" Frauenkreis im Sternsaal auf. Der Saal war brechend voll. Als einer der wenigen anwesenden Männer war der örtliche Anbieter von „Olga-Produkten", der damalige Inhaber der Drogerie am Schweinemarkt auszumachen.

Von dem Vortrag habe ich selbstverständlich nichts

mitbekommen; ich wollte nicht einmal im Saal kiebitzen, da die Themen für einen Dreizehnjährigen sicher nicht interessant sein konnten - so z.B.

„Jede Frau hat sich selbst in der Hand",

„Ihr Gesicht hat mehr Ausdruck als Ihre Figur",

„Maniküre und Handkuss",

„Beseitigung von Falten",

„Kampf dem Doppelkinn durch Gymnastik und heiß-kalte Nackengüsse".

„Anwendung von Kosmetik-Cremes".

Wie erwähnt, Olga Tschechowa verwendete für ihre Cremes angeblich alte, auf Kräutern basierende Großmutter-Rezepte und deshalb hielten „grün gefärbte" Damen Olga Tschechowa eines Tages sogar für eine Vordenkerin.

Ein solcher Star, von dem Eltern und Großeltern schwärmten, der immer noch ein großes Publikum anzog, von dem immer noch in der Zeitung zu lesen war und den man im Fernsehen bewundern konnte, erregte aber meine Neugier denn doch.

Am Ende des Abends beim Verlassen des Saals konnte ich die Tschechowa und ihre Begleitung abpassen. Ruth Sommer packte mich unter dem Umstand einfach am Schlafittchen und stellte mich der berühmten Frau als „aufgewecktes Kerlchen, der Sohn vom Wirt" vor.

Hach ... Was folgte da. Wie schön und jung wirkte sie - die bald Siebzigjährige. Wie konnte ein Mensch so gut riechen. Wie weich und gepflegt war die Hand, die sie mir gab und meine Backe tätschelte. Ich war hin und weg. Ich erlebte erstmals hautnah und beeindruckend, wie Stil und Schönheit einer extravaganten Frau wirken.

Diese Begebenheit war Ruth Sommer zu verdanken. Auch eine außergewöhnliche Frau für unsere kleinstädtischen Verhältnisse damals.

Tonkünstler – nicht nur im „Stern"

Musik und Wirtshaus gehören zusammen wie Bratwurst und Weckla.

Zunächst muss man über die in den Fünfzigern und Sechzigern populär gewordenen Musikboxen berichten, denn schon ab 1955 stand so ein Gerät in der Gaststube des Goldenen Stern. Wunschgemäß wurde die Musikbox nach dem Geschmack der Gäste und der Wirtsleute nicht mit „Negermusik" bestückt, wie sie damals gern sagten. Man wollte Rudi Schuricke, Horst Wendland oder Lys Assia hören. Später waren natürlich „Marina", „Zwei kleine Italiener", „Il Silenzio" u.a. aus Italien ein Muss. Und dann ein bisschen „Elvis" - mit seinen sanften Liedern.

Ich selbst hielt im Grunde genommen dieses Musikgerät für entbehrlich. Denn eigentliche Musik-Kultur im Stern hatte ihren Platz im Saal. Im Stern-Saal hielten Gesangvereine ihre Proben ab oder hatten hier ihre Auftritte: der Chor der Schlesier, der Sudetendeutschen und der Volkschor. Je nach Besetzung der Chöre kam mir manches etwas schrill, gelegentlich dissonant vor. Man war aber immer mit großer Begeisterung bei der Sache - und das zählte.

Natürlich sangen die Sudetendeutschen am schönsten! Da waren dann auch die Musik-Kapellen oder „Bands", wie man bald sagte, die im Fasching oder zu anderen Gelegenheiten aufspielten: das „Trio Mariandel" aus Bayreuth, die Hiltmann-Brüder und das Ensemble der Brüder Heidenau.

Vor allem das „Trio Mariandel" machte mit seinem selbstbewussten Auftreten einen recht professionellen Eindruck. Die klassische Besetzung bestand aus Akkordeon, Gitarre und Kontrabass. Ich bilde mir ein, dass sie jeden Auftritt nicht mit der „Mariandel aus dem Wachauer Landel" begannen, sondern immer mit „Die Fischerin vom Bodensee ist eine schöne Maid, juchhe...".

Das Hiltmann-Trio schien gediegener, bot eher „Salonmusik". Es waren Sudetendeutsche, alle hatten im Egerland eine gründliche Musikausbildung genossen und teils professionell in renommierten Karlsbader Orchestern musiziert. Der Älteste war der ruhigste der Musikerfamilie, mein erster Klavierlehrer. Der zweite der Brüder - die hintersinnige Bezeichnung „Stehgeiger" zielte natürlich nur auf das bevorzugte Musikinstrument ab - war anders, eher extrovertiert. Er leitete auch den Chor der sudetendeutschen Landsmannschaft. Der dritte Bruder war Spezialist in Blasinstrumenten, von der Trompete bis zu Klarinette und Saxophon.

Die progressivste Gruppe, die gelegentlich im Stern auftrat, waren demnach die Heidenaus. Die hatten schon ein Schlagzeug in ihrem Ensemble, waren moderner, folgten dem Zeitgeschmack.

Nun zu meiner eigenen Musikerkarriere zu Stern-Zeiten.

Von Willy Hiltmann erhielt ich nach dem Wunsch meiner Mutter Klavierunterricht, schon bevor ich in die Schule kam. Im Saal stand nämlich ein wunderschönes Klavier von „Steingräber und Söhne", einer bekannten Bayreuther Firma, von der sich schon Richard Wagner ein Instrument für seine Villa Wahnfried hatte bauen lassen. Und so ein Klavier muss natürlich regelmäßig traktiert werden.

Was ihr selbst nicht vergönnt war, wollte meine Mutter an mir gut machen und ich sollte ein Instrument erlernen. Wohl denn.

Wenn ich übte, drangen meine musikalischen Bemühungen immer bis zur Gaststube durch, mit allen Fehlern und den wechselnden emotionalen Ausgestaltungen. Da ich es auch nicht lassen konnte, gelegentlich zu meinen Klavierübungen zu singen, hatten meine Übungsstunden einen gewissen Unterhaltungswert für die Stammgäste. Sie wussten bald genau, wann ich bei bestimmten Stücken ins Hudeln und Pfuschen kam und schlossen gemeinerweise noch Wetten darauf ab, wie lange es bis dahin dauert. Der Glenk Karl von den Schützen war ein besonderer Liebhaber meiner Kunst, wie er mir sagte und von ihm habe ich auch später die Sache mit den Wetten erfahren.

Mein Lehrer Willy Hiltmann meinte eines Tages, dass er mir mit seinen Voraussetzungen nicht mehr viel beibringen könne und man solle versuchen, einen neuen Lehrer für mich zu finden. Nach einigen Wochen kamen meine Eltern über einen Zeitungsartikel auf den Hader Hans aus Schönfeld bei Schnabelwaid. Hader war seinerzeit eine lokale Größe für Volks- und Stubenmusik und hatte sogar Rundfunkauftritte aufzuweisen. Es hatte für mich bald den Anschein, dass sein Interesse eher darin bestand, mir und meinen zahlenden Eltern seine eigenen „Kompositionen" auf hektographierten Notenblättern anzudrehen, als mich im Klavierspiel zu unterrichten. Ich hatte ja schon Anspruchsvolles beigebracht bekommen: kleine Menuette und Fugen von J.S. Bach, Stücke aus dem „Album für die Jugend" von Schuhmann, Sonatinen von Mozart. Jetzt sollte ich Walzer, Dreher, Zwie- fachen und Schnaderhüpfel mit von Hader erdachten merkwürdigen Titeln üben. Im Rhythmus von „Humtata, humtata ..." Die linke Hand brauchte man dabei wie beim Schifferklavier nur noch für Akkorde, was die rechte zu spielen hatte, war irgendwie gewöhnlich. Das war nicht das Meine und nach wenigen Übungsstunden bat ich meine

Eltern, den Haders Max „freizusetzen", oder „den Weisel zu geben", wie meine Großeltern sagten.

So kam ich an Fräulein Christine Heiß, staatlich geprüfte Klavierlehrerin, renommiert in Pegnitz. Sie sei weniger streng hieß es, als die oberste Musikautorität in unserer Kleinstadt, der Rektor Hartmann, der auch nur wenige, auserwählte Schüler annahm. So schickte, wer im bürgerlichen Milieu von Pegnitz etwas auf musische Bildung und Klavierschulung hielt, seinen Nachwuchs zur Tina Heiß. Ein Nachteil war für mich jetzt, dass der Unterricht nicht mehr zuhause stattfand, sondern in der Wohnung von Fräulein H. in der Schmiedpeunt. Dafür stand ein beeindruckender Flügel zur Verfügung. Der Unterricht bei Fräulein H. hatte etwas Militärisches, sehr Diszipliniertes an sich. Daran gemahnte auch das Porträt eines jungen Uniformierten mit Trauerflor, das unübersehbar auf dem Flügel platziert war. Der im Krieg gefallene, ehemalige Verlobte - vielleicht? Och weiß es nicht. Was ich bei Willy Hiltmann gelernt hatte, galt nichts mehr, ich müsse komplett von vorne beginnen, sagte sie. Dazu zählte jetzt das für mich stupide und endlose Üben und Spielen von Tonleitern und Etüden. Mag ja richtig sein, Spaß machte es nicht. Ich hatte auch bald den Eindruck, dass meine Klavierlehrerin ihre weiblichen Elevinnen bevorzugte und sie als begabter und der Kunst würdiger ansah, denn die wurden ständig als leuchtende Beispiele herausgestellt und durften - mussten? - bei Gelegenheit mir Stümper immer etwas besonders Schwieriges vorspielen.

Sachen, die mir auch gar nicht so gefielen: von Ravel, Debussy und anderen mir damals merkwürdigen Komponisten.

Kurz vor meinem vierzehnten Geburtstag endete mein Weg als möglicher Meisterpianist mit folgendem Vorkommnis:

Fräulein Heiß hatte die Angewohnheit, beim Vorspielen der Tonleitern, der regelmäßigen Übung zu Beginn der Klavierstunde, ihren metallenen Drehbleistift begleitend über den Fingern des „Interpreten" schweben zu lassen. Stets bereit, bei einem Fehlgriff den irrenden Körperteil mit einem kurzen Schlag zu züchtigen. Bei der Cis-Dur-Tonleiter - oder war ais-moll? - verfehlte ich das zweigestrichene Cis und das Schreibgerät sauste herab, wohl meinem kleinen Finger folgend, den ich gerade noch zurückziehen konnte. Es gab ein hässliches Doppel-Geräusch und das Elfenbeinplättchen der Taste vom zweigestrichenen C flog durch die Luft. Dann Totenstille. Fräulein H. stand auf, ging ins Nebenzimmer und kam mit einer UHU-Tube zurück. Eine Klebstoff-Tube von sol- chem Ausmaß hatte ich bisher noch nicht gesehen. Ich folgerte also, dass Fräulein Heiß wohl einen erhöhten Bedarf an Alleskleber hat, vornehmlich, um von ihrem

Drehbleistift ramponierte Klaviertasten zu reparieren. Also brauchte ich auch kein schlechtes Gewissen haben. Die nachfolgende Reparatur- bzw. Klebeaktion verlief weiter wortlos. Dann wurde mir eröffnet, dass die Stunde wegen der durch mich verursachten Unbespielbarkeit des Klaviers beendet sei: nach gerade mal fünf Minuten, die drei Mark fünfzig Stundengebühr seien allerdings trotzdem fällig. Mit einer Person, die mein Gerechtigkeitsgefühl so mit Füßen trat, wollte ich fürderhin nichts mehr zu tun haben und erklärte ihr und danach meiner Mutter, dass ich von nun an meine Pianistenkarriere für beendet ansähe. Fräulein H. erschien tags darauf in der Sternmetzgerei und wollte meine Mutter und auch mich von meiner unbedingt zu fördernden Begabung für das Klavierspiel überzeugen und die letzte, gewissermaßen ausgefallene Stunde, müsse natürlich auch nicht bezahlt werden. Indes einen Vierzehnjährigen von einer einmal gefassten Entscheidung abzubringen, ist nahezu unmöglich, wie jeder weiß.

Manchmal schlich ich mich doch wieder ans Klavier und versuchte mich an dem einen oder anderen Lieblingsstück, jedoch sehr, sehr selten und so mussten die Stammgäste auf gewohnte Unterhaltungs-Beiträge und Wettgelegenheiten verzichten.

Pegnitzer Originale

Schorsch Mendel – der Pegnitzer Sparkassenchef

Eine Stadt gewinnt mit den einzigartigen Eigenschaften ihrer Repräsentanten, wiewohl gerade auch von bestimmenden Persönlichkeiten in Gewerbe und Wirtschaft.

Georg Mendel, der langjährige Direktor der ehemaligen Stadt- und Kreissparkasse Pegnitz, war so eine respektable Gestalt.

Wir - meine Familie - hatten ihm viel zu verdanken. In wirtschaftlich schwierigen Zeiten fand er immer gute Wege und Lösungen, um meine Eltern vor finanziellen Malaisen zu bewahren. Meinem Vater war er freundschaftlich verbunden.

Für mich war er die Erscheinung des seriösen Bankiers - etwas, das gerade heutzutage selten geworden dünkt.

Er war, wie man sich eine Führungsgestalt in der Wirtschaft vorstellen will: gutaussehend, zusammenpassende Körpergröße, stets in feinen Zwirn gekleidet, souverän im Auftreten - nie nachlässig - zum guten Tuch immer auch ein guter Duft. Dabei hatte er es als „Sparkasserer" in der oberfränkischen Provinz durchaus mit hantigen und ungeschliffenen Zeitgenossen oder Kunden zu tun. Und wohl deshalb hatte er sich auch ein robustes, volkstümliches Naturell bewahrt. Wenn es die Sache erforderte, sich derber Angriffe zu erwehren, belegte er sein Gegenüber auch mal mit jener Bezeichnung, mit der widrigenfalls das Körperende gemeint sein kann. Das klang aus seinem Mund eigen, aber doch nicht direkt ungehobelt oder verletzend; genauso wie beim manchmal verwendeten Götz-Zitat.

Ich darf zwei Begegnungen mit ihm erzählen.

1974 begann ich als Medizinalassistent am Klinikum in Nürnberg meine ärztliche Laufbahn. Für die regelmäßigen Fahrten zwischen Nürnberg und Pegnitz musste ein Auto her. Etwa die Hälfte des

Anschaffungspreises hatte ich auf dem Sparbuch, die andere Hälfte wollte ich mir kurzfristig leihen. Also sprach ich beim befreundeten Sparkassendirektor vor. Aus einem gewissen Gespür heraus bat ich meine mir kürzlich angetraute Ehefrau, mich zu begleiten.

„Ein Darlehen willst Du haben? Hast Du überhaupt schon was geleistet?" Meinte also der Mendels Schorsch nach meinem Vortrag über die benötigte Summe von 2500 Mark.

„Was kannst Du uns bieten, hast Du überhaupt Sicherheiten?"

Das brachte mich zunächst aus dem Konzept, dann kam mir der etwas platte Einfall: „Hier, meine Frau, Beamtin, Lehrerin, sicheres Einkommen ...!".

Der Sparkassenchef betrachtete nun meine hübsche Gattin eingehend und mit einem Schmunzeln.

„Wird angenommen", sagte er dann mit einem wohlwollenden Blick auf mein Ehegespons, „für so eine Bürgschaft kriegst´ das Geld."

Einige Wochen später trafen wir uns im Posthalter-Stüberl am Biertisch wieder. Dort begegneten sich damals nicht nur „Honoratioren" und Eingewurzelte, auch „Linke", wie der Satchmo, damals Juso-Vorsitzender, oder meine Wenigkeit - und waren geduldet. Dabei war auch der Chef der Lokalredaktion der Nordbayerischen Nachrichten, Klaus Volz. Als ich an dem Abend eintraf, wurde gleich noch intensiver „politisiert". Mendel hielt mich Jungspund für eigentlich unreif und ohne ausreichendes Wissen, um politisch mitreden zu können - außerdem noch links. Da kam just das Gespräch auf Gustav Heinemann, der gerade zu der Zeit als Bundespräsident von Walter Scheel abgelöst worden war. Mein Hinweis, dass Heinemann einstmals CDU-Mitglied und auch Innenminister im Kabinett Adenauers war, wurde von Mendel vehement bestritten, wie auch andere Einzelheiten zur frühen Geschichte der Bundesrepublik, für die ich in diesem Zusammenhang die Hand darauf gab. Vielleicht passten einige Behauptungen nicht in das Bild, das er für sich selbst von der Politik der gegenwärtigen Bundesrepublik entwickelt hatte. Aber ich hatte ihn am Wickel.

Aus der Richtung von Klaus Volz, der sich gerade eine frische Pfeife angesteckt hatte, sah man jetzt noch heftigere Rauchwolken aufsteigen.

„Das kann man klären!" Äußerte er. „Wer hat Recht? Würde jemand darauf wetten?"

„Da wett ich einen Hektoliter!" sagte ich.

„Die Wette verlierst!" So Schorsch Mendel.

Unvergessen das Feixen von Satchmo, von Klaus Volz und den anderen am Stammtisch. Andreas Pflaum hatte im Hintergrund zugehört, aber sich recht diplomatisch zurückgehalten.

Der Volz Klaus machte sich nun auch als Zeuge stark und versicherte, die Wette öffentlich zu beglaubigen, stammt sie ja von zwei Personen „öffentlichen Ansehens".

Die Fakten waren schließlich eindeutig, die Wette für den Sparkassendirektor verloren.

Wie es sich für einen Zeitungsmann gehört, blieb Klaus Volz an der Sache dran, und jedes Mal, wenn ich ihm über den Weg lief, fragte er mich, ob ich meinen Gewinn schon erhalten hätte. Wettschulden seien Ehrenschulden, meinte er dabei anzüglich in Richtung auf den Sparkassenchef.

Also suchte ich um einen Termin beim Mendels Schorsch nach, um ihn auf seine Verbindlichkeiten anzusprechen; folgerichtig mit dem Hinweis, dass die Presse ganz gierig darauf sei, zu sehen, was daraus geworden sei.

„Du wirst doch net an Hektoliter Bier saufen wollen... Und die Freibiergesichter vom Stammtisch gehts nix an!" bemerkte der Sparkassendirektor.

Ich wies ihn diesfalls nochmals auf das „öffentliche Interesse" hin, das in der Person des örtlichen Chefredakteurs in Erscheinung getreten war. Daraufhin wurde wieder mal das berühmte Zitat unter Bezug auf das menschliche Hinterteil bemüht, alsdann fanden wir aber einen Kompromiss: Der Sparkassendirektor leistet eine Geldspende im Gegenwert von einem Hektoliter Bier an das Rote

Kreuz und bei der nächsten Begegnung am Stammtisch werden Wettgewinner und Zeugen freigehalten.

So geschah es. Das Ergebnis des gütlichen Vergleiches wurde zwar von der „öffentlichen Meinung", sprich von Klaus Volz, mit gewisser Enttäuschung aufgenommen. Die Sache war aber nun endlich aus der Welt.

Schorsch Mendel war ein Pegnitzer Charakter, eine für mich unvergessene Persönlichkeit.

Solche Erscheinungen sind selten geworden, was sicher nicht nur ich bedauere.

Die Schlossberghalle

„Dich teure Halle grüß ich wieder...!" Mit diesem leicht spöttisch vorgebrachten Wagner-Zitat begann der berühmte Tenor Josef Traxel (1916 – 1975) seinen Liederabend in der ihm schon von früheren Auftritten her bekannten Schlossberghalle.

Anfang der 60er Jahre war das. Es war das letzte klassische Konzert, das in der „altehrwürdigen" Schlossberghalle stattfand. Meine Mutter hatte mich damals in das Konzert mitgenommen. Der Kammersänger wurde am Klavier begleitet - und wenn mich meine Erinnerung nicht trügt, war das der Rektor Hartmann.

Die Schlossberghalle war lange Zeit der „Kulturtempel" für das Städtchen. Nicht nur Konzerte, zahllose Theateraufführungen gab es, Theater für Erwachsen und für Kinder.

Ich bin einmal aus einer Märchen-Aufführung am Dreikönigstag - 1958 war es, glaube ich – herausgeflogen. Das hatte folgende Bewandtnis. Auf dem Weg zum Schlossberg hatte ich vor einem Kellerschacht in der Hauptstraße ein winziges Mäuschen entdeckt, das ganz steifgefroren da lag. Das steckte ich in meine Manteltasche, schon wissend, dass das irgendwie einem besonderen Zweck dienen könnte. Vor mir in der Schlossberghalle saß eine mir bekannte Maid meines Alters, die ich nicht leiden konnte. Mit zwei dicken Zöpfen. Das Mäuschen war inzwischen „aufgetaut" und machte sich nun in meiner Manteltasche bemerkbar. Mir fiel nichts besseres ein, als das Mäuschen auf einen der dicken Zöpfe vor mir zu platzieren. Das bemerkte aber umgehend die nebenan sitzende Freundin und da ging - wie zu erwarten - ein infernalisches Mädchen-Gekreische los. Das Ganze hatte aber auch mein früherer Lehrer Max Bauer bobachtet, der bei der Aufführung Aufsicht hatte. Umgehend fühlte ich mich am rechten Ohr hochgezogen und in Richtung Ausgang verfrachtet. Damit war das Märchen für mich aus. Aber eine gewisse Genugtuung machte sich trotzdem bei mir breit, hatte ich es doch einer dieser Bezopften, auf die man als Buben immer Rücksicht nehmen sollte, gezeigt.

Für die Unterhaltung der Reiferen sorgte überwiegend die von Pfarrer Vogl initiierte Theatergruppe um Gerd Friede u.a..

Von 1950 an sind angeblich an die 35 „klassische Stücke" von dieser Gruppe zur Aufführung gekommen. Ich erinnere mich noch an den Schwank „Der Etappenhase" mit „Fips"-Friede in der Hauptrolle.

Aber auch der Sport hatte sich der Halle bemächtigt: In der Schlossberghalle wurde unter der Leitung von Ernst Folwarczny Tischtennis gespielt und unter Walter Greis und Karl Ross sen. der Boxsport betrieben.

Die Schlossberghalle: ein Vergnügungszentrum für Jung und Alt - vor allem im Fasching. Für uns Kinder war der Umtrieb am Fastnachtsdienstag damals obligat. Wie auch Faschingsbälle für die Erwachsenen dort noch eine gewisse Zeit angesagt waren.

Die letzte Großveranstaltung, an die ich mich erinnere und an der ich beteiligt war, war das „Gauschießen", das von der „Kgl. priv. Schützengesellschaft" für den Schützengau Pegnitzgrund ausgerichtet wurde.

Danach war Schluss mit der Schlossberghalle und 1964 kam die Spitzhacke zum Einsatz.

Der Sternwirt und seine Geldpresse

Mein Vater war eigentlich ein ernsthafter Mann. Aber auch ein Schlitzohr! Kein „Fränkisches", eher ein „Böhmisches", was er aber nicht so gerne hören mochte.

Im Rahmen der Renovierung des Goldenen Sterns, Anfang der Fünfziger, wurde auch die Eingangstüre aufgemöbelt und mit einem sogenannten

„obenliegenden, hydraulisch gedämpften Tür-
schließer" - so heißt es in der Fachsprache - versehen.
Das waren massive Eisenzylinder, silbern bronziert,
welche oben auf die Türen geschraubt wurden und
durch ein Hebelwerk mit dem Türrahmen verbunden
waren. Beim Öffnen der Tür musste man da freilich
etwas mehr Kraft aufwenden als üblich.

Wenn in Pegnitz Schweinemarkt war, verirrte sich
gelegentlich der eine oder andere Bauer, der nicht
unbedingt mit meinem Vater Geschäftsbeziehungen
hatte, in den Stern. Ein abgeschlossener Handel am
Schweinemarkt musste begossen werden.

Ein etwas „schmuchtiges" Bäuerchen hatte
offensichtlich Mühe, die Haustüre aufzubringen, um
ins Gasthaus zu gelangen. Als er nach der Ursache
forschte, entdeckte er den Apparat.

So was hatte er noch nie gesehen und das ließ ihm
keine Ruhe. Nach dem ersten kräftigen Schluck Bier
traute er sich denn, meinen Vater zu fragen, was das
für ein merkwürdiger Apparat da sei, der ihm beim
Türöffnen eine unübliche Kraftaufwendung
abverlangte.

Mein Vater erklärte: „Das ist a Pfennig-Presse!".

Der Bauer kriegte große Augen: „Gibt´s net!"

„Doch! Jedes Mal wenn die Tür aufgemacht wird,
wird oben ein neuer Pfennig gepresst. Wart mal, ich
leer die Maschin´ eben mal aus."

Mein Vater ging nach draußen und kam mit einem Sack, vollgefüllt mit 500 nagelneuen Pfennigstücken, zurück. Die hatte er gerade bei der Sparkasse geholt, denn bei den verqueren Bierpreisen damals und dem verbreiteten Geiz – gerade unter den bäuerlichen Gästen - brauchten die Bedienungen immer reichlich Pfennige für Rück- und Wechselgeld.

Als Beweis schüttete er nun die Pfennige vor dem Bauern auf den Tisch. Dessen Augen wurden bei der frisch glänzenden Pracht noch größer.

Generös sagte dann mein Vater: „Damit´st mir´s glaubst, schenk ich Dir an Pfennig, hab genug und Du hast mir ja gerade eben einen gepresst."

Sprachs, gab ihm einen der Pfennige und sackte dann die restlichen wieder ein.

Da wurde der Bauer irgendwie eigentümlich still, trank hastig sein Bier aus, zahlte – bekam auch zwei glänzende neue Pfennige als Rückgeld – und verschwand grußlos.

Eine halbe Stunde später stand er wieder in der Gaststube. In seinem Gefolge der Schwindels Max, einer der damaligen Stadtpolizisten, die in jener Zeit noch in schmuckem Blau gekleidet waren.

Der wusste, dass der Sternwirt ein Schlitzohr ist, und wollte es sich nicht nehmen lassen, vor Ort die Anzeige wegen „illegalen Geldpressens" zu bearbeiten.

„Das ist der Gauner", sagte der Bauer, als er meinen Vater sah.

Der Gendarm dankte dem Bauern für seine Wachheit gegenüber dem Verbrechen und versicherte ihm, dass die Angelegenheit in besten Händen sei und auch strengstens verfolgt werde.

Damit war es das Bäuerlein zufrieden und verschwand.

Nach dieser amtlichen Einleitung ließ sich der Schwindels Max eine Halbe einschenken, denn es war ja auch gerade Vesperzeit.

Er bekam dann natürlich als Rückgeld ebenfalls zwei „frisch gepresste" Pfennigstücke - die durfte aber dann die Bedienung als Trinkgeld wieder einstreichen.

––––––––––––

Beiläufig:

In Bayern war bis April 1958 der Bierpreis staatlich festgelegt. Die letzte Bierpreiserhöhung hatte es 1953 gegeben und seither kostete die Halbe in Bayern im Durchschnitt 63 Pfennig. Nach dem Wegfall der staatlichen Bierpreisbindung sank der Preis für die Halbe im selben Jahr sofort auf 59 Pfennig. Gemäß den Grundsätzen der freien Marktwirtschaft regelten nun auch beim Bier Angebot und Nachfrage den Preis.

Ein Bürgermeister im Schnee

Die Stadtratswahl im März 1972 war für die SPD eigentlich recht gut ausgefallen. Sie hatte elf von 24 Sitzen erhalten und stellte die stärkste Fraktion, deutlich vor CSU und FWG. Aber bei der gleichzeitigen Bürgermeisterwahl war Hans Scheuerlein (SPD) dem Ex-Landrat des gerade aufgelösten Landkreises Pegnitz, Konrad Löhr von CSU und Freien Wählern, unterlegen.

Bei der SPD war man nun der Meinung, dass der stärksten Fraktion wie bisher der Posten des Zweiten Bürgermeisters zukommen müsste, zumal Scheuerlein ja in dieser Funktion unter Bürgermeister Sammet eine sehr gute Figur gemacht hatte. Aber FWG und CSU hatten die Mehrheit und eine andere Meinung. Sie wollten Josef Vogl von der CSU, und Karl Pöhner (FWG) sollte Dritter Bürgermeister werden.

Alles Katzbuckeln der SPD, alle Appelle in der konstituierenden Sitzung - vor allem von Fritz Gentner - halfen nichts und Scheuerlein fiel durch.

Bis dahin war es üblich gewesen, dass alle Fraktionen nach den Stadtratssitzungen zu einem Umtrunk zusammenkamen, meist in der „Ratsstube". Aber nach der Abwahl von Hans Scheuerlein als Zweitem

Bürgermeister war die SPD eingeschnappt und die Gegenseite behauptete zudem, man hätte im Wahlkampf von der SPD Ungezogenheiten hinnehmen müssen - besonders von den beiden „Jusos", die jetzt im Stadtrat saßen. Die Atmosphäre war also eindeutig frostig und der Umtrunk war abgeschafft.

Diese „Eiszeit" hielt über zwei Jahre, bis nach einer Stadtratssitzung an einem besonders kalten und schneereichen Tag im Februar 1975.

Hans Scheuerlein hatte mich zu einer „Nachbearbeitung" der Stadtrats-Sitzung zu sich nach Hause eingeladen. Es hatte heftig geschneit und in kürzester Zeit lagen mehr als zehn Zentimeter Schnee auf den Straßen. Eine kritische Situation? Ja und Nein!

Scheuerlein und Löhr wohnten am Zipser Berg in der gleichen Straße. Als Hans Scheuerlein in die Lessingstraße einbog, sahen wir gerade vor uns im Schneegestöber jemanden aus einem Auto aussteigen. Und plötzlich lag der Mann der Lange nach im Schnee. Mitten auf der Straße!

„Ei, des ist der Löhrs-Kunz'" stellte Scheuerlein fest und stoppte.

Tatsächlich, da lag der Bürgermeister zu unseren Füßen und war nicht in der Lage, selbst wieder aufzustehen.

Man muss dazu wissen, dass Konrad Löhr im Krieg ein Bein verloren hatte. Mit einer Oberschenkelprothese vom Boden aufzustehen, ist schon bei normalen Verhältnissen nicht einfach.

Als der „Kunz" registrierte, wer sich da als seine Samariter zeigten, begann er zu lamentieren: „Ausg'rechned ihr müsst daherkumma... Ausg'rechend ihr zwaa!"

Darauf Scheuerlein: „Soll´n ma di glei wieder noschmeiß'n? ... Mach' ma fei!"

Machten wir nicht und geleiteten den Bürgermeister gar bis zur Haustüre – ohne ihn noch mal „nozuschmeißen". Die anfänglich bestehende Angestrengtheit bei allen Beteiligten löste sich schließlich in einem entspannten Gelächter auf.

Die frostige Wetterlage im Stadtrat war damit aber noch nicht ganz wärmeren Temperaturen gewichen. Doch es dauerte nicht mehr lange, bis die gegenseitige Kontaktsperre nach den Stadtratssitzungen aufgehoben wurde. Dazu trug auch der 60. Geburtstag von Fritz Gentner im Mai 1975 bei, wurde der doch in Eintracht gefeiert.

Dann war das Eis endgültig geschmolzen und man fand sich sogar zu einer gemeinsamen Fußballmannschaft zusammen, die an einem regnerischen Sommertag gegen eine Presseauswahl antrat - und verlor.

Pegnitzer Originale

Adam

Adam, oder auch nach seinem Familiennamen der „Hotzels Adam", war „möblierter Herr" im Stern. Er wohnte die ersten Jahre unter dem Dach in einer Kammer und nahm zeitweise - in Abhängigkeit von seiner finanziellen Lage - „Vollpension" in Anspruch.
Man hat ihn als einen lustigen, gleichwohl unbedarften Gesellen in Erinnerung. Imponierend war seine immer wie eine Speckschwarte glänzende Vollglatze. Wie schon erwähnt, waren seine Einkommensverhältnisse meist unklar. Als Vertreter oder „Reisender", z.B. in Sachen Süßwaren, erwies er sich als ungeeignet (er verspeiste seine Kundenmuster meist selbst) und jede Arbeit, die er außerdem annahm, z.B. in der Landwirtschaft, war selten von längerer Dauer. Bei seinem ständigen Geldmangel nahm er jedes Angebot einer Beschäftigung an. Und er beteiligte sich gerne an Wetten und an Hanswurstereien, wenn sie nur etwas einbrachten.

Bei den großen Umbau- und Renovierungs-maßnahmen 1954/55 sollte der Anschluss des Sterns an die öffentliche Kanalisation erfolgen und deshalb musste die vorhandene Sickergrube restlos entleert und geschlossen werden. Aus irgendeinem Grund konnten die letzten Reste in der Grube, der Bodensatz, nicht maschinell abgepumpt werden und man kam nicht umhin, die Rückstände von Hand zu entsorgen. Das war eine „anrüchige" Arbeit, für die schwer jemand zu gewinnen war, wie man sich leicht vorstellen kann. Der notorisch mittellose Adam erklärte sich bereit, sie für entsprechendes Entgelt zu erledigen. Eingekleidet in eine bis zur Brust reichende Gummihose wurde er in die Grube abgeseilt und musste den pikanten Inhalt in Eimer füllen, die dann nach oben gezogen und in den Jauchewagen entleert wurden.

Für die Zeit dieser Arbeit mussten natürlich die Toiletten im Stern gesperrt werden, also war an deren Zugang ein Schild angebracht: „Toiletten bis 12 Uhr nicht benutzen!"

Frau Martin, die andere Dachbewohnerin, pflegte ohnehin die Toilette nicht unmittelbar zu benutzen. Ihre Notdurft entsorgte sie immer mittels eines Nachtgeschirrs in die Toilette im ersten Obergeschoß. Sie meinte deshalb auch, dass das Verbot für sie nicht zu gelten habe, und entleerte wie gewohnt ihren Potschamber - einschließlich kompakten Inhalts - in den Abort. Dann spülte sie noch kräftig nach, und so ergoss sich ein ziemlicher Segen über den armen Adam - von der Glatze bis in die Stiefel.

Es fiel schwer, beim Anblick des aus der Tiefe

134

auftauchenden Adam nicht lauthals loszulachen. Er jedenfalls war im wahrsten Sinn des Wortes „stinksauer", so dass es etlicher Überredungskünste und eines finanziellen Zuschlags bedurfte, damit er die Arbeit zu Ende führte.

Die Stammgäste im Stern waren „keine Chorknaben" und daher für jeden Unfug aufgeschlossen. Dafür konnte der Adam gut herhalten: Für 10 oder 20 Mark ließ er einiges mit sich anstellen.

Einmal im Dezember, es hatte schon kräftig gefroren, kam am Stammtisch das Gespräch auf das „Eisbaden": Löcher ins Eis schlagen und dann in einem See oder Fluss ins kalte Wasser tauchen.

„Wer mag schon so was machen ...", „Ist doch Quatsch ...", „Was soll das?", lauteten die Kommentare dazu.

Der Adam hörte das und sagte, er habe kein Problem damit, auch kein Problem damit, das sofort zu machen; natürlich nur gegen eine pekuniäre Anerkennung. Die Stammgäste beratschlagten nicht lange und gleich waren zwanzig Mark beisammen. Folglich marschierte man sofort mit dem Adam zur Konsum- bzw. Karmühlbrücke. Die Fichtenohe war zwar noch nicht zugefroren, aber das Vorhaben wurde bei den vorhandenen Minusgraden als Eisbaden akzeptiert. Der Adam entledigte sich seiner Klamotten und tauchte vor den Augen der Stammgäste an der tiefsten Stelle - gleich vor der Karmühle - in den Bach.

Selbstverständlich nicht ohne Anfeuerungsrufe wie: „Tauchen!", „Aber ganz runter!", „Los jetzt!"
Später, zurück im Stern und heftig schlotternd, bezeichnete Adam das Ganze als großes Vergnügen und kassierte genüsslich seine Prämie.

Einmal sagte einer am Stammtisch, der Adam habe eine Ähnlichkeit mit einem Neger, den er mal gesehen habe, nur dass der Adam halt nicht schwarz sei.
Lange Rede, kurzer Sinn: jemand kam auf die Idee, den Adam doch mittels Schuhwichse in einen „Neger" zu verwandeln, und Adam war, wie immer, für entsprechendes Entgelt dazu bereit. Der Stammtisch sorgte wieder für das Honorar, der Sternwirt stellte schwarze Schuhwichse zur Verfügung und der Adam schminkte sich unter vergnüglicher Anteilnahme der Gäste zur „Person of Colour", wie man heute sagt.

Zu der Zeit lebte der Adam schon bei einer Witwe in Zips. Als er nach Hause kam, war die über das

Aussehen ihres Adams gar nicht erfreut. Mit Kernseife und einer Wurzelbürste - wie der Adam tags darauf bestätigte - ging die Witwe den Verfärbungen, besonders auf der Glatze, zu Leibe. Der Adam sah nun am Kopf eher wie eine Rothaut aus, was dann von den Stammgästen zwar nicht mit Bargeld, aber mit Freibier als „Schmerzensgeld" vergütet wurde.

Diese resolute Witwe brachte überhaupt Ordnung in Adams Leben und so wurden seine Stammtischbesuche immer seltener und man hörte, dass er schließlich in Zips ein ganz zufriedenes und zurückgezogenes Leben geführt hat.

Hans Knopf – Der „Knopfer-Dick"

Wer ihn kannte, durfte schon feststellen, dass Hans Knopf ganz bestimmt ein Pegnitzer Original war. Nicht nur ein erfolgreicher Geschäftsmann und Brauer eines „süffigen und gschmackigen" Biers; auch ein „Viech mit Haxn", wie mein Vater zu sagen pflegte. Die Bezeichnung „Knopfer Dick" hatte dabei ganz und gar nichts Despektierliches.

Ich erinnere mich, als ich ihn das erste Mal sah; als wir in der letzten Dezemberwoche 1952 nach Pegnitz kamen und den Stern bezogen. Für den Umzug von Ansbach nach Pegnitz hatte uns Hans Knopf einen seiner Lastwagen zur Verfügung gestellt und schaute jetzt nach, dass alles zu unserer Zufriedenheit verlaufen war. Ich erinnere mich an einen dicken Mann mit einer Zigarre im Mund. Wie der Ludwig Erhard, der mir aber damals noch nichts sagte.

Das Stammhaus der Firma und Familie Knopf war damals noch in der Hauptstraße 63, heute das Eiscafe Dolomiti. Zur Familie gehörte die „Tante Betti", der gute Geist des Familienverbandes. Man erzählte, dass sie dort einmal einen vierstelligen DM-Betrag aus den Firmeneinnahmen im Backofen versteckte - warum auch immer - und irgendjemand zündete dann den Herd an, und die Hunderter und Fünfziger kokelten vor sich hin, bis man es am Rauch und an dem Geruch bemerkte. Und nur Zunder-ähnliches Papier konnte noch gerettet werden. Mit Hilfe des Mendel Schorsch von der Sparkasse konnte der Bargeld-Schaden dann doch gerichtet werden, so dass kein Verlust auftrat, den man der Tante Betti hätte anrechnen müssen.

Die Beziehung meines Vaters zu Hans Knopf war zwar überwiegend geschäftlicher Natur, aber Hans bestellte immer mal meinen alten Herrn ein − zum

Leidwesen meiner Mutter - um gemeinsam zum „Kundschafts-Saufen" oder „Kundschafts-Fressen" zu fahren.

Einmal, noch in den Anfängen, sollte ihn mein Vater chauffieren - und das wurde zum Drama. Hans Knopf kam zwar noch in den VW-Käfer meines Vaters und auf den Beifahrersitz, aber heraus kam er nicht mehr. Der Sitz musste schließlich aus der Verankerung gehievt und gekippt werden, damit der „Dick" dann endlich aus dem Auto kam.

Ähnliches widerfuhr ihm bei der Geburtstagsfeier des Distlers Hänser. Der war das Faktotum der Knopf-Firma: Maurer, der für alle Instandsetzungs- bzw. Maurerarbeiten an den Knopfschen Gaststätten zuständig war. Hans Knopf bat meinen Vater, ihn doch am Abend zur Feier des 70. Geburtstags des Hänser zu begleiten und ihm zu gratulieren. Mein Vater verabschiedete sich rasch von der Gesellschaft, ahnend, was passieren könnte. Hans Knopf verbrachte jedoch die ganze Nacht beim Hänser, um das Jubiläum gebührend zu begießen. Am nächsten Morgen ein Anruf von Frau Knopf: ihr Mann sei noch nicht nach Hause gekommen, mein Vater wisse doch, wo er sei, habe ihn dort abgeliefert und solle ihn gefälligst auch wieder abholen. Hänser wohnte in einem winzigen Häuschen in der Schlossstraße, einer Wohnstätte, die genau zur äußeren Erscheinung des Besitzers passte. Die kleinformatigen Wohnräume im oberen Stockwerk waren vom zwergigen Eingangsbereich aus über eine enge und recht steile Treppe zu erreichen. Als mein Vater ankam, schien die Feier im oberen Stockwerk noch im Gang, wenn auch wohl in den allerletzten Zügen. Eine übelgelaunte und übernächtigte Frau empfing ihn und rief gleich nach oben zu Hans Knopf, dass sein „Schafför" da sei. Und dann gab es wieder das Problem. Wie Hans Knopf mit seiner Korpulenz die schmale Treppe aufwärts überwinden konnte, erscheint den Beteiligten im Nachhinein als Rätsel. Der Abstieg jedenfalls gelang jetzt nur mit erheblicher Verausgabung und endete mit einem ziemlichen „Kollateralschaden". Auf halbem Weg nach unten verklemmte sich der Brauer - auf einmal auf seinem Hosenboden sitzend - zwischen Treppengeländer und Wand und es ging nicht mehr vorwärts und rückwärts. Was tun? Mein Vater bot an, den Knopfer Hans auf seinen Rücken zu hieven, um ihn damit aus der Einzwängung zu befreien und nach unten zu transportieren. Das Aufladen gelang jedoch nicht, ohne dass der „Jura-Bräu" mehrmals gegen die Decke gestumpt wurde. Schließlich konnte die Treppe mit viel Hau-Ruck freigeschafft und Hans Knopf am Auto - jetzt ein Opel – abgeliefert werden. Treppe bzw. Geländer hatten die Aktion allerdings nicht gut überstanden und sahen jetzt irgendwie äußerst lidschäftig aus. Hans Knopf wäre nicht der honorige

„Knopfer-Hans" gewesen, wenn er das, was er angerichtet hatte, nicht wieder umgehend in Ordnung gebracht hätte. So stellte ein schleunigst beauftragter Schreiner das derangierte Treppenhaus des Distlers-Hänser binnen kurzem wieder her.

Manchmal kamen auch recht grobe Züge des Knopfer-Dick zum Ausbruch.

Er wusste, dass mein Vater im Auto immer einen elektrischen Viehtreiber mit sich führte. Einmal, als mein Vater beim Huttarsch – schräg gegenüber des alten Knopf- Domizils in der Hauptstraße - zum Einkaufen parkte, holte sich der Knopfer-Hans den „Säutreiber" aus dem unverschlossenen Auto und lauerte auf ein Opfer. Das kam in Gestalt von Frau Huttarsch aus dem Geschäft. „Haste was - kannste was" stumpte Hans seiner Nachbarin in das Hinterteil. Deren Gequieke war so infernalisch, dass alle aus dem Laden nach draußen stürmten. Hans hatte den Viehtreiber aber gleich aus dem Blickfeld gebracht und mimte nun die Unschuld. Nur mein Vater ahnte, was vorgefallen war, und strengte sich nun an, sein Auto vor dem Knopfer-Hans verschlossen zu halten.

Es sei denn, es ging zum gemeinsamen „Kundschafts-Saufen".

Hans Knopf kümmerte sich immer fleißig und besorgt um seine Gasthäuser, seine Wirte und Pächter.

Wenngleich er auch knallhart sein konnte, wenn es um Ausgaben oder Investitionen ging.

Er war immer für Neuerungen aufgeschlossen. Neben dem Hellen und dem Märzen wurde früh in den 50ern Pils gebraut und vornehmlich in Flaschen angeboten. Auch Limonaden und Cola (von „Chabeso") wurden offeriert und sein persönliches Getränk war dabei „Chabeso mit Wein", eine Schorle, die in kleinen Flaschen angepriesen wurde.

Regelmäßig wurden Messen besucht, zu denen er oft meinen Vater oder andere befreundete Wirte in seinem Borgward mitnahm.

Die Zeiten für kleine Brauereien wurden schwierig und sein Sohn Wilhelm hat kein leichtes Erbe angetreten. Wie hätte sein Vater Hans die Krisen bewältigt?

Weiß man nicht. Aber Hans Knopf, wie man ihn kannte, hätte sich stets was Konstruktives einfallen lassen.

Die „Kuni" und „Bengatzer Klöß"

Die 600-Jahrfeier der Stadterhebung von Pegnitz war zehn Jahre nach dem Krieg das erste Großereignis in der Stadt.

Der Sternsaal, gerade frisch renoviert, bot gut und gern 100 Gästen Platz. Dazu kam noch die Gaststube und bei schönem Wetter wurde auch der Sterngarten geöffnet. Der Stern war also für einen großen Gästeansturm räumlich gut gerüstet.

Ein Busunternehmen aus Köln wollte mit drei Bussen zum Tag des großen Festzuges anreisen und die etwa 100 Reisenden sollten im Stern mit einem typisch fränkischen Mittagessen verwöhnt werden: natürlich Schweinsbraten mit Klößen und Kraut.

Schweinsbraten und Kraut - kein Problem.

Nur für die richtigen „Bengatzer Klöß" bräuchte man vielleicht Unterstützung.

Der Stern war mit den zur Klöß-Herstellung notwendigen Gerätschaften ausgestattet. Einer Kartoffelreibe aus Holz und Blech, von einem Bosch-Elektromotor angetrieben, welcher der Größe eines Flugzeugmotors entsprach. Eine Kartoffelpresse nach Art einer Weinkelter, groß wie ein 50-Liter-Fass. Stattliche Gastronomie-Kochtöpfe und natürlich ein holzbefeuerter Kessel.

Das „Know-how" zur Herstellung der fränkischen Delikatesse ist aber nun einmal an Personen gebunden und die vormals sudetendeutschen Wirtsleute waren darin nicht so geschult. Sie hatten Bedenken, vor allem bei der zu erwartenden Menge der Gäste. Wohlmeinende Freunde und der Knopfer-Hans empfahlen deshalb, für diese Herausforderung die beste und erfahrenste Klößköchin von Pegnitz in den Dienst zu nehmen. Und da kam nur die „Kuni", die damalige Köchin des Pegnitzer Krankenhauses in Frage. Sie erklärte sich denn bereit, diese Herausforderung anzunehmen.

Am Freitag vor dem großen Ereignis wurden von ihr die Lokalitäten und alle Gerätschaften inspiziert und die Kartoffeln auf Menge und Qualität hin überprüft. Der große Wurstkessel in der Metzgerwerkstatt wurde für die vorgesehene Menge der Klöße als bestens geeignet angesehen. Nach den Anweisungen der Küchenmeisterin wurde dann alles gerichtet. Die Zubereitung umfasste folgende Schritte: Am Samstagnachmittag Reiben der Kartoffeln (eine Tätigkeit, die mit der vorhandenen Maschine heute nur noch mit Gehörschutz erlaubt wäre), dann das Auspressen der Kartoffeln und Auffangen der Kartoffelstärke in einer großen Wanne, das Abschöpfen der Stärke aus dem Kartoffelsaft, welche dann dem Kloßteig zugegeben werden muss, und schließlich Schwefeln des Kartoffelteiges - was heute sicher auch verboten ist - um ein Grauwerden der Knödel zu verhindern. Am Samstagabend nahm die Kloßspezialistin nochmals alles in Augenschein und war mit den Resultaten höchst zufrieden.

Schon in aller Frühe des Festsonntags wurde der Kessel angeheizt. Sie selbst übernahm noch das Rösten der „Klöß-Bröggerla" und überwachte später die exakte Formung und Größe der Klöße. Höchstpersönlich und zum geplanten Zeitpunkt wurde dann von ihr das Startzeichen gegeben, die Klöße in den Kessel zu legen. Um zwölf Uhr wurden die Gäste erwartet!

Klöß´ dürfen ja nicht gekocht werden, sie sollen nur „ziehen" - und da gab es ein Problem. Nachdem etwa 200 Klöße im Kessel gelandet waren, meinte die Köchin - den Umgang mit dem Fleischerei-Kessel im Stern nicht gewohnt - dass kräftig nachgefeuert werden müsse, damit die Wassertemperatur durch die Hineingabe der Knödel nicht zu sehr absinken würde.

Wie heißt es schon bei Schiller: „Wohltätig ist des Feuers Macht, wenn sie der Mensch bezähmt, bewacht,..." , aber: „wehe wenn sie losgelassen...!".

Das jetzt entfachte Feuer im Kessel wäre noch zu bändigen gewesen, der Kessel insgesamt war allerdings sogleich derartig aufgeheizt, dass die Klöß´

entsprechend der Kloß-Koch-Lehre vom festen in den flüssigen Aggregatszustand übergingen. „Klar wie Kloßbrüh!" würde man jetzt sagen.

Nun war guter Rat teuer, doch der kam nicht von unserer Chef-Kloßköchin. Denn noch bevor die Busse aus Köln ankamen, war von ihr nichts mehr zu sehen.

Glücklicherweise hatte mein Vater zusammen mit dem Knopfer-Hans kurz zuvor die „Hotel und Gaststätten Messe" (HOGA) in Nürnberg besucht. Dort waren von der Firma „Pfanni" brandneu ihre Produkte auch für die Gastronomie angeboten worden und mein Vater hatte einige „Gastronomie-Gebinde" von Pfanni-Klößen geordert.

Man holte jetzt noch ausreichend große Töpfe und das Klößwasser wurde auf dem großen Küchenherd zum Sieden gebracht. Alle verfügbaren Hände formten Klöße und so gelang es dann doch noch, mit einer kleinen Verspätung zwar, den rheinländischen Gästen „echt fränkische Klöße" anzubieten.

Klöß´ und Braten haben wohl geschmeckt, denn der Reiseunternehmer brachte auch in den folgenden Jahren immer wieder einen Bus mit Gästen nach Pegnitz und zum Stern.

Denn:

"So ´ne fränkische Klops is schon wat Jutes", wie es auf gut-Kölsch lautet.

Der große Streik 1954

Es war der erste große Streik in der Nachkriegszeit. Die Vorstände der IG-Metall in Bayern hielten damals nur in den größeren Städten Bayerns, in München, Nürnberg, Fürth, Augsburg und - man staune - in Pegnitz einen Streik für möglich und erfolgreich; so nach einem Protokoll der Vorstandssitzung der IG-Metall.

Am 9. August 1954 traten über 100.000 der 240.000 Beschäftigten der bayerischen Metallindustrie in den Streik, in Pegnitz die mehr als 1000 Mitarbeiter der AMAG.

Man forderte eine Lohnerhöhung von 12 Pfennig auf den Ecklohn von 1,44 DM.

Der Stern war vormals das Arbeiterlokal in Pegnitz. In einem Nebenraum hatte der DGB seine Geschäftsstelle mit Fräulein Kopp, einer schon älteren Dame, als Sekretärin und „Mädchen für alles".

So war es naheliegend, dass der Stern zum Streiklokal der Gewerkschaft wurde. Dort traf man sich, um die nächsten Aktionen zu planen, und - besonders wichtig - hier wurde das Streikgeld ausgezahlt.

Jeder am Streik beteiligte „AMAG-ler" musste im

Stern vorstellig werden, um seinen Lohnersatz abzuholen.

Von so etwas hatte ein Wirt damals nur träumen können, denn das Streikgeld wurde nämlich in nicht unerheblichem Umfang sofort im Lokal, an Ort und Stelle verflüssigt.

Der Sternsaal war gerade umgebaut und in der inzwischen nahezu luxuriösen Räumlichkeit drängten sich Arbeiter, Streikposten, Gewerkschaftsfunktionäre und manche Neugierige. Es herrschte ein stetes Kommen und Gehen - von früh bis spät in die Nacht. Das Klima war aufgeladen - wie die Stimmung im ganzen Land.

Bier floss jedenfalls in Strömen und der Zigarettendunst im Saal übertraf jeglichen vorstellbaren Smog über einer chinesischen Großstadt. Luft und Stimmung im Saal schienen also unvergleichlich dick.

Im Gewerkschaftsbüro von Fräulein Kopp trafen in der Zeit jede Menge Solidaritätsadressen von drüben, aus der Zone ein. Das freute mich, denn ich bekam immer die schönen bunten Briefmarken ab.

Briefmarken aus der Zone sammelte man aber nicht, auch wenn die damals viel farbiger und schöner waren als unsere „richtigen deutschen". Sie dienten als Tauschartikel für „echte" Briefmarken oder andere begehrenswerte Dinge.

Am Höhepunkt des Streikes passierte etwas Unglaubliches, wahrscheinlich zum ersten und letzten Mal in Pegnitz: die Brauerei war schlichtweg „leer gesoffen" - das Bier war aus! Die Knopf-Brauerei konnte kein Fassbier und nur noch eingeschränkt Flaschenbier liefern.

Bier von der Brauervereinigung anzufordern und in einem Knopf-Gasthof auszuschenken, kam gar nicht in Frage. So mussten die freundschaftlichen Beziehungen des „Knopfer Hans" nach Bronn herhalten.

Für einige Zeit gab es dann im Stern Bronner Bier von der Brauerei Glenk, bis wieder ausreichend „Knopfer-Bier" geliefert werden konnte.

Der Streik endete schließlich nach 18 Tagen. War vielleicht ein drohender Biermangel in Bayern daran schuld?

Jedenfalls brachte der Streik nicht den ersehnten Erfolg. Das Ergebnis war eine Erhöhung des Ecklohns um 10 Pfennig. Zwei Drittel der Beschäftigten erhielten durch die Veränderung der Lohnrelation aber nur eine Erhöhung zwischen 3 und 5 Pfennigen.

Für die Wirte und Brauereien in den „Großstädten" wie Pegnitz aber lagen die Umsätze und Einkünfte in dieser Zeit in Prozenten sicher weit über der Steigerung des allgemeinen Wirtschaftswachstums - und des Streikergebnisses der Gewerkschaft.

Potenzmittel anno 1962

Der Geißlinger Fritz und mein Onkel Sepp Reiniger waren Arbeitskollegen in der AMAG und zusammen brüteten die beiden so manchen Schabernack aus.

Sie hatten seinerzeit einen gemeinsamen Arbeitskameraden, namens Adolf B. Der beklagte sich eines Tages in einem vertraulichen Gespräch mit meinem Onkel über seine nachlassende Manneskraft und die Probleme, welche ihm seine Ehefrau darob ständig mache. Sepp Reiniger verwies ihn an den Geißlinger, der den Zugang zu einem probaten Mittel habe. Der wurde umgehend informiert, war also vorbereitet, als ihn Adolf ansprach.

Fritz zu Adolf: „Kommst am Samstag zum Ebenhöh, da wird a Bulle g´schlacht. Du kriegst dann die Bulleneier. Des hilft garantiert." Am Samstag zur verabredeten Zeit tauchte Adolf B. im Schlachthaus auf. Fritz erklärte dem noch misstrauischen Kunden, dass schon die alten Ägypter und Römer dieses Mittel gekannt hätten und Stierhoden heute noch in Italien und im Orient zur Potenzsteigerung verzehrt würden. Das schien Adolf B. zu überzeugen.

Auf weitere Bitte erklärte Fritz ihm noch die Zubereitung der Stier-Hoden: Klein hacken, mit

155

etwas Mayoran und Kümmel würzen, Salz braucht's nichts viel, da Bullenhoden eh etwas salzig sind; vielleicht ein verquirltes Hühnerei dazugeben und das Ganze in einer Pfanne anbraten; nicht zu heiß, damit die Hormone nicht zerstört werden.

„Gehst zur Chefin und lässt dir ein Papier zum Einwickeln geben!" Dies erledigte Adolf umgehend.

Zu meiner Mutter: „Ich hätt gern a Papier für die Bulleneier."

Meine Mutter: „Ah ... für ihren Hund?"

Adolf: „Na, für mi!"

Man kann sich vorstellen, wie meine Mutter reagierte. Sie gab ihm aber trotzdem das Einwickelpapier.

Einige Wochen später - es war wieder Samstag und Bullen-Schlachttag - tauchte Adolf ein weiteres Mal im Schlachthaus auf.

Er beklagte sich nun enttäuscht bei Fritz, dass das angepriesene Potenzmittel nicht wie erwartet gewirkt habe und er das Ganze anzweifele.

Fritz: „Was hast für ane Blutgruppe?"

Adolf: „A - mein ich."

Fritz: „Das ist schlecht,der Bulle hatte B."

Damit war das Versagen dieses sonst garantiert den Geschlechtstrieb anregenden Mittels eindeutig und auch medizinisch erklärt.

Professor Berger

Er sei ein Studierter, sagte mir meine Mutter. Er habe wohl zu viel studiert und sei dabei übergeschnappt. Sowas kann vom zu vielen Studieren kommen. Vor allem Philosophen und „Nur-Studierte" – das bezeichnet Leute ohne eine Ausbildung mit Praxisbezug – seien da besonders gefährdet, war meine Mutter überzeugt.

Dass man beim Studieren überschnappen könnte, das hat sich mir lange eingeprägt: also bloß nicht einzig nur Studieren!

Der Professor war einer der selteneren Gäste im Stern. Er war damals um die 70 Jahre alt. Keiner wusste recht, womit er seinen Lebensunterhalt bestritt.

Vom Verkauf seiner merkwürdigen Gedichte, Sinnsprüche und philosophischen Texte, gedruckt auf Karten aus billigstem Karton, konnte er sicher nicht existieren.

Der Lobensteiger Schmied ließ ihn in seiner alten Schmiede hausen und die Bauersleute von Neuhof, Lobensteig und Pertenhof unterstützten ihn mit Lebensmitteln und allen anderen notwendigen Dingen.

Er war ein Poet und Sammler. Für seine „Studien" und sein geistiges Pläsier sammelte er vor allem Zeitungen und Illustrierte, alles, dem er habhaft werden konnt; und die er über die Jahre in seiner Unterkunft stapelte.

Regelmäßig kam er nach Pegnitz hinunter, denn hier hatte er verschiedene Anlaufstellen. Er versorgte sich mit leiblichen Dingen wie Nahrungsmitteln, aber besonders mit geistigen Dingen - d.h. alte Zeitungen und sonstige abgelegte Schriftwerke.

Der Stern war immer seine letzte „Tankstelle" vor dem Aufstieg zu den damals noch zur Oberpfalz gehörenden Höhen östlich von Pegnitz.

Für meine Mutter war er ein „armer Teufel" und da er aus der alten Heimat stammte, brachte man ihm ein besonders Mitgefühl entgegen.

Im Sudetenland war er schon zu einer gewissen Berühmtheit gelangt, hatte er doch den größten Rosenkranz der Welt geschnitzt. Der war auch in seinem nordböhmischen Heimatort ausgestellt und mit Postkarten weithin bekannt gemacht worden.

Die Geschichte soll sich so zugetragen haben:

Als junger Soldat der K.u.K. Armee geriet Berger gleich zu Beginn des Ersten Weltkriegs in russische Gefangenschaft. Im Lager in Sibirien soll er geschworen haben, dass er den größten Rosenkranz der Welt schnitzen wolle, wenn er wieder nach Hause zurückkäme. Seine Gebete wurden erhört und so erfüllte er auch sein Gelübde.

Eine Postkarte mit diesem Rosenkranz hat meine Mutter noch lange Zeit aufgehoben. Das Werk war schon beeindruckend: Eine riesige Holzwand - größer noch als diese übergroßen Plakatwände, die man heute überall sieht - und darauf befestigt ein Rosenkranz mit mehr als mannskopfgroßen, kunstvoll geschnitzten Rosenkranzperlen. Imponierend, sicher geeignet für das „Guinness-Buch der Rekorde".

Nach der Heimkehr aus der Gefangenschaft sollte der begabte junge Mann studieren und vielleicht gar eine Hochschullaufbahn einschlagen. Und dabei passierte, dass er wohl vor lauter Studieren übergeschnappt ist. So glaubten es meine Mutter und Sterngäste, die ihn kannten.

Wenn „Professor Berger" seine Rast im Stern einlegte, hatte er meist schon etliche Anlaufstellen hinter sich.

Ich erinnere mich, wie er einmal zwei große Blecheimer, bis oben hin gefüllt mit Buttermilch, anschleppte. Die Buttermilch hatte er beim Milchhof erfochten. Auf der Buttermilch schwammen etliche alte Semmeln, die er zwischendurch beim Pflaums-Bäck erhalten hatte. Die Brötchen fungierten als „Wellenbrecher", wie er sagte. Das war eine Erfindung von ihm, und er legte Wert auf sein Patent. Die Semmeln sollten die Wellenbewegungen des flüssigen Inhalts dämpfen und das Überschwappen der Buttermilch bei dem anstrengenden Anstieg nach Lobensteig verhindern. Damit war für ihn gewährleistet, dass er auch möglichst das meiste der wertvollen Buttermilch nach Hause brachte; die „Wellenbrecher" konnten dann zusammen mit der Milch verzehrt werden.

In seiner Behausung, in der alten Schmiede, stapelte er, wie schon berichtet, Unmengen alter Zeitungen und auch Christbäume. Er hatte eine Vor- und Nachliebe für Weihnachtsbäume, die von Jahr zu Jahr anfielen und von denen er sich partout nicht trennen wollte.

Bei einer feuerpolizeilichen Begehung wurde er denn aufgefordert, das ganze Gerümpel zu beseitigen, anders dürfe er seinen Ofen nicht mehr anfeuern.

Was tat er daraufhin? Nicht eine der Zeitungen oder einer der Christbäume wurden fortgeschafft; der Professor entsorgte einfach den Ofen.

Er ist früh aus meiner Wahrnehmung verschwunden.
Vielleicht gibt es noch Leute, die wissen, was aus diesem Poeten und Philosophen geworden ist.
Wahrlich „ein armer Teufel"! Ein durch Krieg, Vertreibung und Verlust der Familie entwurzelter Mann! Und dadurch vielleicht „übergeschnappt". Ein „Ver-Rückter" - im wahrsten Sinne dieses Wortes. Er hatte aber sein verrücktes Leben doch irgendwie einrichten können; mit Hilfe vieler hilfsbereiter Menschen in der damaligen „Pfalz" und in Pegnitz.

Mein Franken – Lobeshymne auf die Heimat

Es gibt im Grunde nicht nur ein Franken. Nüchtern betrachtet: innerhalb der regionalen Gliederung des „Freistaates Bayern" werden Ober-, Mittel- und Unterfranken verwaltet. Dann gibt es noch außerhalb des Freistaates das sog. Tauber-Franken, mit Ausläufern ins Badische und Schwäbische. Und es gibt auch noch kleine Teile von Thüringen und Sachsen, wo man Fränkisch spricht und fühlt.

Alle diese Teile haben ihre Charakteristika und ganz gewiss auch eine durchaus eigene Kultur.

Ich hatte das Glück, Franken von „Oben" bis „Unten" erfahren zu dürfen – wobei es in meiner emotionalen Topographie immer nur oben gab. Geboren in Mittelfranken, aufgewachsen in Oberfranken, Studium in Unterfranken. Dann wieder – beruflich bedingte – Rundreise durch alle drei Bezirke, um am Schluss wieder in Unterfranken zu landen. Begleitet von einer Ehefrau aus Unterfranken, der es fast noch schwerer fiel als mir, aus Franken nach Hessen „exiliert" zu werden. Zum Glück nicht gar zu weit weg von der Grenze.

Welches ist nun „mein Franken"? Die Heimat meiner Jugend in Oberfranken: das geliebte Pegnitz mit der wundersamen, zutiefst provinziellen Fränkischen Schweiz: Ausgangs- und Fluchtpunkt der deutschen Romantik. Mittelfranken mit meiner Geburtsstadt Ansbach. Mit Nürnberg, der so schlimm geschlagenen und – Gott sei es gedankt – nicht ganz aus der Fassung gebrachten alten Reichsstadt. Schöne Jahre durften wir dort erleben; die erste Tochter ist dort geboren. Unterfranken mit Würzburg und seiner altehrwürdigen Universität. Hier die Ausdehnung der Familie, kostbare Freundschaften und damit unbedingte Steigerung der emotionalen Bindung an mein Franken in der Zeit in Werneck.

In Oberfranken ist das Bier zuhause, man findet hier die größte Brauereidichte weltweit. In Mittelfranken – zum Rand hin, fast in Unterfranken – wird schon Wein angebaut. Ansonsten ist hier – wie prosaisch scheint das – die Heimat der fränkischen Bratwurst. Unterfranken ist gleichbedeutend mit „Weinfranken". Und wo Wein zum Alltag gehört, lebt man anders, beseelter.

Es gibt eine wunderbare Reisebeschreibung, eine Liebeserklärung an Franken von dem Frankfurter Journalisten und Schriftsteller Horst Krüger, aus der ich einige Zeilen zitieren möchte*:

164

Wo Bayern beginnt ...

„Manchmal dieser Wunsch: weg! Aufbruchsphantasien, Wochenendhoffnung, Feriengefühle. Wohin? Du mußt einfach jetzt für ein paar Tage weg. Ach, Frankfurt am Main: Ich habe es satt. Ich bin es leid. Darüber ist eigentlich nichts mehr zu sagen. ...

Ich habe es alles probiert in fünfzehn Jahren. Worms war mir lieb und Mainz. Ich fuhr durchs Wispertal zur Loreley. Ich sah den deutschen Rhein, sein totes Wasser. Ich sah all die Kaiserpfalzen von Lorsch bis Geln-hausen. Schön und gut, Wochenendziele: Montagabend sind sie wieder vergessen ...

Wenn du das suchst, was bleibt, was haftet, was dich ein Leben lang in der Tiefe trifft: das andere, stillere Deutschland – geh nur nach Südosten. Überschreite mutig die Mainlinie, unsere heimlichste Staatsgrenze. ...

Ich sage nur: Wenn man von Frankfurt kommt, sind es Feriengefühle. Die Sonne ist heller, der Himmel höher, die Hitze heftiger. Bukolischer Zauber erwacht. Ich bin jedesmal neu erstaunt, daß es so etwas gibt: intakte Pro-vinz, eine unzerstörte Region. Oder scheint das nur so? ... Stück von deutscher Redlichkeit wird nur gespielt. Provinz? Na und? Es ist gottlob zurück. ...

Sagen wir es im Klartext: Die Tiefe des Menschen geht immer mehr verloren, heute. Er wird immer flacher in seinem sozialen Netz. In Frankfurt kann man immer nur Gesellschaft besichtigen. Sie ist sehr wichtig. Im

Frankenland ist noch der Mensch zu sehen, die Tiefe
seiner Existenz. Das ist es. Das macht mir das Land
lieb und sehr wichtig. Hier ist das Bild des Menschen
aufgehoben."

So ist es! Das ist es, was auch ich jedes Mal empfinde,
wenn ich aus dem Dunstkreis von Frankfurt kom-
mend, im Spessart die hessische Grenze nach Franken
in Richtung Südosten passiere. Es ist wirklich zu
fühlen: „Die Sonne ist heller, der Himmel höher, die
Hitze heftiger. Bukolischer Zauber erwacht...."
Man kommt heim.

----

* Horst Krüger: Poetische Erdkunde, dtv

Advent – auch eine Rückschau

Marktplatz von Pegnitz im Dezember 1960

Ja, es ist ein Phänomen des Altwerdens: Je größer der zeitliche Abstand, desto intensiver scheinen manche Erinnerungen aufzublitzen. Und dann Advent! Die Zeit, in der man sich gewiss gerne in Vergangenes entführen lässt; da früher auch noch alles besser war, wie man meint. Da war es im Dezember schon Winter mit Schnee, klirrend kalten Nächten, vorweihnachtliche Idylle sichtbar und fühlbar, nicht nur auf Postkarten, Fotos oder in stimmungsvoll gefärbten Rundfunkbeiträgen.

Zur Vorweihnachtszeit gehörte in unserer Jugend für Katholiken die Rorate-Messe: jeden Werktag, früh am Morgen.

Wie war es damals krachend kalt, wenn man sich um Viertel nach sechs auf den Weg zur Kirche machte. Und immer bahnte man sich seinen Weg - so die Erinnerung - durch frisch gefallenen Schnee. Früher, damals, waren halt die Winter noch Winter, keiner wusste etwas von „globaler Erwärmung" und Klimakatastrophen. An Dauerregen oder auch Trockenheit im Dezember erinnert man sich einfach nicht.

Wie könnte man wieder dieses Licht der Kerzen aufleben lassen, das die Kälte und das Morgen-Dunkel in der Kirche auflöste; die Mariengebete und die schlichten, wunderschönen Adventslieder. Die Kirche lag am Weg zur Schule und den weiteren Weg dahin nahm man danach in einer besonderen Stimmung wahr: jetzt, nach der Messe wurde es mit jeder Minute, mit jedem Schritte heller und man ging gleichsam vom Licht zum Licht hin.

Rorate gehörte spätestens ab dem Alter, als ich mich auf meine Erstkommunion vorzubereiten hatte, zum vorweihnachtlichen Pflichtprogramm. Für die Einhaltung der Pflicht sorgte der Pfarrer in einer Allianz mit der Großmutter - Zuckerbrot und Peitsche. Man bekam ab 1. Dezember eine Anwesenheitskarte, zu der man für jeden Messbesuch ein Papier-Sternchen zum Einkleben erhielt - „Sticker" würde man heute sagen. Je mehr Sternchen man vorweisen konnte, umso wertvoller fiel das Geschenk durch den Pfarrer am Heiligen Abend aus. Erst ab zehn Sternchen gab es überhaupt ein Geschenk: eine schöne Bildkarte, eine Kerze oder gar ein Buch. Ich war lange Zeit stolz, immer ein Buch erhalten zu haben. Bis zu vierten Klasse Gymnasium - Anfang der sechziger Jahre - habe ich das durchgehalten. Dann war irgendwie Schluss.

War es morgens nicht mehr so kalt und finster, dass man sich nach weckendem und wärmendem Kerzenlicht sehnen mochte? Nach der Botschaft von „Maria durch ein Dornwald ging", nach der Anrufung des Propheten Jesaias, „Rorate caeli desuper - Tauet Himmel den Gerechten"?

Die nörgelnde Großmutter und der Pfarrer hatten

irgendwie keinen Einfluss mehr auf den Heranwachsenden.

Ich wünsche mir heute mitunter nicht nur zum Beginn des Tages, es wäre möglich, diese Stimmung wieder entstehen lassen zu können, in dieser verwirrenden Zeit, das Licht, den „Morgenstern" aufleuchten zu sehen.

Rorate-Messen frühmorgens sind nicht mehr „im Angebot" vieler Kirchengemeinden. Wenn dann mal samstags am Abend. Und dann fehlt, wie immer mehr auch am Sonntag, die „Gemeinde".

Es ist nicht mehr, wie man es sich phantasieren möchte: Durch wunderbaren, weißen und pulvrigen Schnee stapfen, bei klirrender Kälte, frühmorgens. Und dann sich erlöst fühlen bei aufscheinendem Licht und ansteigender Wärme in der Kirche.

Sollte man es nicht trotzdem versuchen, das wieder zu finden, wenn es möglich ist? Auch ohne Schnee, Kälte, ohne all diese moderne Formlosigkeit der Zeremonie, die in den Kirchen Einzug gehalten hat. Man müsste sich wohl weit wegbewegen aus seinem gegenwärtigen „Biotop", um das noch einmal erleben zu können.

Und so greife ich vielleicht zu meinem alten Gesangbuch, das noch parat liegt, zu den „biblischen Geschichten" - wie meine Großmutter zur Bibel sagte, und dann ergebe ich mich in die Sehnsucht nach einer gerechteren, heilen Welt, welche uns die Lieder, Gebete in der Adventszeit versprechen mochten.

Quellen und Grundtexte:

Dr. Gottfried Ebenhöh, Jahrgang 1948, geboren in Ansbach und aufgewachsen in Pegnitz. Von 1972 bis 1977 jüngster Stadtrat in seiner Heimatstadt. Studium in Würzburg, berufliche Stationen dann in Nürnberg, Bayreuth und Werneck. Ab 1988 Chefarzt einer Klinik im Hessischen. Dort im „Exil" für den Franken zunächst ein Schock: Fehlende Schäufele- und Bratwurstkultur, Bierausschank in Fingerhüten, saurer Appelwoi anstelle von Frankenwein und ein mit Zischlauten verunstalteter, eigentlich fränkischer Dialekt. Das hätte fast zur vorzeitigen Rückkehr nach Franken geführt. Drei Töchter und inzwischen neun Enkel leben in Franken und so war eine „Repatriierung" unausbleiblich. Seit der Pensionierung im Sommer 2013 wurde deshalb mit der aus Schwarzach am Main stammenden Ehefrau Birgit an deren Herkunftsort ein Zweitwohnsitz geschaffen. Damit verringerte man nicht nur die Wegstrecke zum Pegnitzstrand.

Die **Illustrationen** stammen in Verbindung mit den „Sterngeschichten" überwiegend **von Andy Conrad,** geb. 1963, diplomierter Grafik-Designer und Fotograf aus Pegnitz. Er ist Herausgeber des „Landbierquartett Fränkische Schweiz", machte Fotos für den „Kulturführer Oberes Pegnitztal" und fertigte zahllose Illustrationen für heimatgebunde Schriften und Publikationen.